京極夏彦 10代限定特別講座
「たたかわないために
～語彙と思考」

第1部
言葉の罠《わな》にはまらないために

第2部 地獄を楽しむために

京極さんとの言葉をめぐる一問一答

はじめに

皆さん、こんにちは。

知っている人は知っているんだろうと思いますが、僕は小説を書くことを仕事にしています。しかも、書いているのは通俗娯楽《ごらく》小説です。難しい内容のものではありません。読んで楽しむだけの小説を書いて生活している人間です。つまり、このように壇上でお話をするのは専門外のことなんです。本職ではありませんから、あまり上手にしゃべれないかもしれません。それをまず最初に覚えておいてください。

僕がこれから話すことは、役に立つことではありません。

ただし、役に立てることはできます。よく「学校の勉強なんか実社会では役に立たないじゃん」というようなことを言う人がいますよね。でも、それは役に立たないのではなくて、役に立てることができないというだけです。

たとえば、スマートフォンのアプリケーションを合理的に使うノウハウを教えてもらったとしましょう。これは、現状大変役に立つ知識なのでしょう。

しかし、スマートフォンの普及率が著しく低い、というより電波がない、砂漠の真ん中やジャングルの奥地でそれを教わったとしても、役には立ちませんね。そもそもスマートフォンが使えないんですから。

でも、スマートフォンのアプリケーションを合理的に使用するノウハウを、単なる便利マニュアルとして受け取るのではなく、そこから、それがなぜ合理的なのか、そして、合理的とはどういうことなのかを学び取ったとしたらどうでしょう。

合理という概念が抽出《ちゅうしゅつ》できたなら、スマートフォンやアプリケーションといった個々の要素もまた、置換可能な概念となるでしょう。そこに別な何かを代入して考えられたなら、ジャングルや砂漠でも有効に使えるノウハウとなるかもしれません。

スマートフォンもアプリケーションも関係なく、そのノウハウをほかの何かに役立てることができるということですね。

世の中には、役に立ちそうな、それらしいことを言う人はいっぱいいますね。

みんな、良いことを言います。それを聞いて、「ああその通りだな、これは役に立つな、いいことを聞いたな」と思うこともあるでしょう。

でも、だいたい役には立ちません。

まあ、役に立つんだと強く思い込んでいれば、役に立つような気にもなるのでしょうし、中には本当に役に立つこともあるんでしょう。でもそれはお話が役に立ったのではなくて、聞いた人に役に立てる能力があったんだ、ということですね。ただ鵜呑《うの》みにして妄信《もうしん》しているだけでは、何も役に立てることはできません。

逆に、どんなつまらない、くだらない話でも、役に立てようと思えば役に立つものです。

学校で教わることは、だいたい役に立てることができるはずです。全く必要のない知識を何年もかけて子どもに教えるようなバカなことを国家が何十年もし続けるようなことは、普通しないですからね。まあどんなに教え方が悪くても、学び方が上手なら何とかなるものです。

ですから、僕がこれから話すことをそのまま聞いて、「ああ、役に立つな」なんて思わないでください。役に立てるにはどうしたらいいかを考えてください。

京極夏彦

第1部

言葉の罠《わな》にはまらないために

言葉は人類最大の発明である

僕は小説書きですから、文章を書いて、それでお金をもらって生きています。言葉を扱う仕事をしているんですね。ですから、まず言葉の話をいたします。

言葉というのは、間違いなく人類の最大の発明です。それ以降の全ての発明も、言葉なくしては生まれなかったと言っていいでしょう。印刷機だって、電球だって、言葉がなければ生まれなかったはずです。なぜでしょう。

私たち人間は動物ですね。人間以外にも、この世界には動物がたくさん生きています。全部生き物です。動物もこの世界に生きている以上、世界を認識しているはずです。ただ、人間と動物の世界の捉え方、世界認識の方法はずいぶんと違っているようです。この中には犬や猫を飼っている方もいらっしゃると思いますけれども、犬や猫は人間ではありませんから、私たちと同じような世界を見ているというわけではないんですね。色がわからないとか、ピントが合わないとか、そういうことを言っているのではありません。

単純な構造の下等動物から複雑な構造の高等動物まで、それぞれに捉え方は違うのでしょうが、動物には基本的に「今」しかありません。彼らは――彼らと言うのもおかしいんですが、基本的にパターン認識をしています。昨日と今日に区別はありません。昨日と今日の「違い」だけしかわからないのです。なぜなら、昨日と今日という概念がはっきりとわからないからです。

やや高等な動物になると、サイクルのようなものはわかるんですね。寝て、起きて、また寝て、その間に捕食活動をする。それは決まっています。だから一日というパターンは認識している。どうやったら餌《えさ》がとれるか、何が危険で、それを回避するにはどうしたら良いか、そういうことなんかも学習します。ただ、時間という概念を持っているとは思えません。だから、そのパターンを繰り返すだけなのです。今しかないのです。昨日はないのです。そして、明日もないのです。動物は、そうやって生きています。それでも別に困りませんから。

人間はそうではありません。人間は言葉を発明してしまったからです。

言葉のそもそもの起源は、個体の発信する信号を別の個体が受容して行動する、いわゆる情報交換に求められるでしょう。それは間違いないと思います。

人間以外の動物でも、情報交換をする動物はいます。たとえば、ミツバチは歩き方、動き方で餌のある場所を伝え合ったりします。そういう、音声や動作、信号による情報交換は動物の間でもある程度行われていることです。高等なものだと、たとえばイルカなんかはパルスでものごとを認識したり、それを発信、受信して、コミュニケーションを取り合っています。極めて言葉に近いですね。

それ、言葉とどう違うんだという話なんですけれども、違うんです。彼らの間で交わされているのは、情報でしかないんです。危ないぞとか、安心だぞとか、餌があるぞとか。それ以上の複雑なやりとりはできません。

しかし、人間はそんなことはないですね。

人間は動物よりも複雑な思考をする能力を獲得しました。そして言葉が生まれました。いや、言葉のおかげで考える力が発達したとも言えます。これはどちらが先ということではないのでしょう。いずれにしても私たちは、言葉によってものを考えることができるようになったと言っても過言ではないと思います。

言葉は、単なる情報ではないんですね。言葉によるコミュニケーションは、情報をやりとりするだけではないんです。

この世界はそのままでは実に混沌《こんとん》としています。言葉は、その混沌《カオス》を秩序《コスモス》に変える力を持っていました。言葉によって、私たちは頭の中を整理整頓《せいとん》することができるようになったんです。これはすごいことなんですよ。動物はそんなことをする必要がないからしないんですけど、人間はそれができるようになっちゃったから、するようになっちゃったんでしょうね。

受容器官、目や耳や鼻や口、皮膚などから受容された情報に対する単なる反応でしかなかったものが、「意識」というものを形作るようになり、やがて「自我」という面倒くさいものまで明確にしてしまった。それも言葉のおかげです。

「過去」と「未来」は言葉で作られた

先ほど、動物はパターン認識しかしないから「今」しかないんだと言いました。言葉は、「今」ではないものも私たちに与えてくれたんです。過去、そして、未来です。

過去と未来なんてものは、本当は「ない」んです。

先ほど僕は、「今しかない」と言いましたが、イ・マ・シ・カの「カ」を発音した時点で、「イ」や「マ」はもう過去ですね。そういう音が発せられたという記憶が頭の中にあるだけ。

過去なんてものはないんです。「過去の積み重ねが現在をつくる」、なんて言いますが、これは言葉の上でしか成り立たない理屈なんですね。私たちがこの次元に存在している以上、時間の順序は厳密に保護されていると考えられていますから、過去にさかのぼることは今後も――たぶんSF小説以外でできることはないと思われます。過去はないんです。なくなっちゃうんです。そして、未来なんてものも、やっぱりないんです。これから先に起きることなんですから。まだ訪れてないですからね。

過去も未来も、私たちの頭の中にしかないんです。

言い換えるなら、頭の中には過去も未来もあるわけです。今日ではない、昨日や明日を認識できるのは、言葉があってこそですね。「えっ？　本当かよ。そんなものなくたって昨日はあっただろう」、と言う人もいるでしょう。でも、ないでしょう。あるというなら持ってこいという話です。ないんです。

昨日と明日を私たちに与えてくれたのは、時間という概念です。

時間というのは、非常に説明しにくいものですね。なぜなら今、私たちは、俗に言う三次元に住んでいますね。次元の数え方には諸説あって、四次元と規定するケースもあると聞きますが、縦、横、高さあるいは奥行き、それで認識される世界に私たちは存在しています。ですから、その中のこと、そしてより低い次元のことは理解することができます。しかし、時間はより高い次元に属すると諒解《りょうかい》されるものです。ですから、私たちは時間そのものは理解することができないんです。

ですから私たちが時間を知るには低い次元に置きかえるしかありません。

私たちは時間を「変化」でしか確認できないんですね。あるいは「運動」と言い換えることもできるかもしれませんが。

先ほどここに座った時よりも、現在の僕のほうが老いています。肉体は縷々《るる》変化していますね。その変化を測るという形でしか、私たちは時間を認識することができないんです。時計だってそうですね。あれは針が動いているだけで、その運動が確認できるだけです。私たちは時間のことをわかったような顔をして平気で暮らしていますが、全くわかってないんですね。説明できないんですから。

「さっき」と「今」の「差異」でしか時間は説明できないんです。

でも、僕らは時間というものを理解したような気持ちになっています。それは時間という概念をつくり上げることができたからです。概念をつくるのに必要だったのは、もちろん言葉です。「さっき」も「今」も、言葉でしかありません。これを形而下に落とし込んで、まあ時間軸という定規《スケール》のようなものをつくって、次々になくなってしまう「さっき」を並べてみた。それで、「過去」という概念が生まれた。ついでに、「さっき」があったんだから「これから」もあるだろうということで、定規を延長して「未来」が想定されたんですね。

言葉は概念なんです。

たとえば、数字を思い描いてください。「1」、「2」、「3」、これは概念ですね。実際に「1」なんていうものはこの世に存在しないですから。「1」という概念に対して「イチ」という名前、音と記号、つまり言葉が与えられただけです。

さて、アナログの時計を思い描いてください。「1」と「2」の目盛りの間には余白がありますね。針の先はそこを移動する。一方でデジタル時計に「1」と「2」の間はありません。「1」は「2」に変わるだけです。パッと変わります。

言葉はデジタルなものなんです。これは、大事なことですね。デジタルとアナログの違いというのは、別にコンピューター関連だとか、そうでないとか、そういうこととは本来関係ないんですね。アナログというのは、連続性があるという意味です。デジタルというのは、非連続という意味です。「1」と「2」の間に連続性がないものがデジタルです。そして、言葉はデジタルなんです。

そのデジタルな言葉によって、私たちは心だとか、意識だとか、あるいは時間だとか、昨日だとか、今日だとか、明日だとか、そういうものを手に入れることができたのです。なぜでしょう。

言葉はデジタル、だから不完全

ここまで、言葉はすばらしい発明だという話をしてきたわけですが、実は言葉というのは非常に「欠けた」ものなんです。不完全なんです。これからは、言葉は不完全なものだというお話をいたします。

先ほどの「1」と「2」の間が欠けていたように、私たちが使う言葉も欠けています。多くを捨てているからです。

自分の気持ちのことを考えてください。何か理不尽なことがあなたの身の上に起きたとして、その時、あなたはいったいどう感じたのでしょうか。「悲しかった」のでしょうか。「悔しかった」のでしょうか。「腹が立った」、「怒った」のでしょうか。それとも「何とも思わなかった」のでしょうか。どれか言葉を選んでしまえば、だいたいそうなってしまうわけですが。

でも、本当にそうですか。悲しかったり、悔しかったり、ちょっとおかしかったり、いろいろな気持ちが混じりあっていませんか。ありますよね。「悲しい」の一言でスッパリ表現できるような気持ちなんてないですよね。

でも、気持ちを人に伝えるためには、言葉にしなきゃいけないですね。言葉にする時に、とりあえず何か言わなきゃ通じないから、「私は悲しかった」と言っちゃうんです。その時、悔しい気持ちや、ちょっと面白かったとかいう気持ちは全部捨てられてしまいます。言葉は、この世にあるものの何万分の一、いや、何百万分の一ぐらいしか表現できないものなんです。言葉にした段階で多くは捨てられてしまいます。

気持ちの問題だけではありません。全ての言葉がそうなんですね。

「そこに犬がいたよ」、通じますね。「そうか、犬がいたんだ」とわかる。でも、どんな犬なのかはわからないですね。その犬がアフガンハウンドなのか、ブルドッグなのか、チワワなのか、狆《ちん》なのか、全くわかりません。犬種だけじゃありません。かわいかったのか、かわいくなかったのか、太っていたのか、やせていたのか、大きかったのか、小さかったのか、毛並みはどうだったのか、色はどうだったのか、鳴き声はどうだったのか、全部捨てちゃって、「イヌ」でまとめてしまっています。たった二音ですよ。でも、通じるでしょう。「そんな細かいこといちいち言わなくたって、犬がいたんだからそれだけでいいじゃん」という話で。そうなんです。

それだけでいいんです。いいんですけど、あなたが見た犬は、「犬」一文字であらわせるようなものなんでしょうか。違いますね。犬には犬の事情もいろいろあることでしょう。お腹《なか》がすいていたのかもしれないし、眠かったのかもしれない。犬だっていろんな犬がいるわけだし、その犬を見た人の主観もあるはずです。飼いたくなったとか、にくらしかったわとか。いろんな情報を全部捨てて、漢字ならたった一文字ですよ。「犬」、これで済んじゃうんです。多くは捨てられていますよね。

全ての言葉は多くを捨てて成り立っています。単純化するからこそ整理整頓ができるんです。だからこそ概念となり得たんですね。言葉というのは、世の中をザクザク切って、切り捨てて、単純化してでき上がっています。

仏教に禅《ぜん》という教えがあります。日本では、大きく分けると曹洞宗《そうとう》、臨済宗《りんざい》、黄檗《おうばく》宗という三つの宗派が禅宗に分類されます。禅には「不立文字《ふりゅうもんじ》」という言葉がありますす。また、「以心伝心《いしんでんしん》」という言葉もあります。文字では何もあらわせないという意味です。言葉では何も伝わらないということです。

実際、一番最初に禅の心をお釈迦様《しゃかさま》から学ばれたお弟子さんは、言葉を一切使わずに教えを受け取ったのだと言われています。お釈迦様は花をキュッと曲げただけ。弟子はそれを見て微笑んだだけ。それで、免許皆伝ですね。いやいやそんなわけはないだろうと、思いますよね。僕もそう思いますよ。だって、禅のことを書いた本は山のようにありますからね。みんな、言葉にしないと、文章にしないと伝わらないと思うから書いたんでしょう。というか、「言葉では伝わらない」ということを言葉で伝えようとしているんですけどね。それは無理というもので。

禅はひたすら修行するしかない。

でもそれは別に変わった考え方じゃないんです。ひとつの、いいえ、まさに真理ではあるんです。

お月様。皆さん、お月様を見たことがないという方はいらっしゃらないのではないでしょうか。視力に障害のある方は見ることができないかもしれませんし、今日は台風だから見えないのかもしれませんけれども、それでも月というものはあります。ありますね。

月は、地球の周りをぐるぐる回っている天体ですが、あれは月ですか。地球からは満ち欠けして見える、地球の影がかぶって見えなくなったりする、あれは月ですか。月だろ、とみなさん言うでしょう。でも月は人類が誕生するずっと前から回っているんです。つまり、月だの何だのという名前は人間が後から勝手につけただけなんですね。「月」という言葉と天体の月は、全く関係ないんです。

それが証拠に、「月が破裂した」と言ったところで月は破裂はしません。「月」と書いた紙を破ったって、月は二つになりません。言葉と、実際にそこら辺にあるものは何ひとつ関係ないんです。言葉は言葉としてあるだけで、現実と何らリンクしているものではないんですね。

近頃はよく「言霊《ことだま》」なんて古くさい言葉を耳にしますが、あれが効くのは人間だけですからね。世界が言ったとおりになるなんてことは金輪際《こんりんざい》ありません。いくら「明日晴れるよ」と言ったところで、晴れるかどうかなんてわからないですよ。天気は勝手に晴れるんです。

よく「俺は晴れ男だから、だいたい俺が行くと晴れるよ」なんていう人がいますが、それって驕《おご》り高ぶった愚かな発言ですよね。天候が人間風情の動向に従うわけがない。天気を自在に操れるなんて、おまえは『天気の子』か（笑）。そんなことはないんですよ。台風を呼べるのは『X－MEN』のストームぐらいですよ。何か言ったところで、そのとおりになることなんか絶対ないんです。

ただ、人間には効きます。人の心は言葉で左右されるものです。ただし言葉が通じなければどうにもなりませんし、発するほうがきちんと使えればという条件がつきます。もちろん、聞くほうもきちんと聞いてくれなきゃ話にならないんですが。

「健やかな国をつくろう」とか、「元気な学園生活を送ろう」とか、いろんな煽《あお》り文句がありますけれども、それをポスターに記しとけばみんな健全になるとか、言い続ければ景気よくなるとか、学校が楽園になるとか、そんなこともありませんね。

そういうスローガンとかプロパガンダはそれ自体で効力を発揮するものではありません。何人もの人の心に効いて、その人たちがまた別の誰かに影響を与えて、そうして広がってはじめて、多少の変化が出る、そういうものです。

ですから、「こうなるといいなあ」みたいな希望や、「こうあるべきだ」という理想をまんまスローガンに掲げることは、あんまり意味があることじゃないんですね。不特定、大多数に効き目が出るような、みんなその気になっちゃうような言葉を選ばなくちゃいけません。そういう意味で今、行政に携わっている皆さんなんかは破壊的にセンスが悪い（笑）。というより、言葉の使い方が不適切すぎて頭を抱えてしまうことも多いんですが、まあ、それはそれです。

いずれにしても言葉で世界は変えられないんです。

言葉は音と記号の組み合わせにすぎません。そのうえ、不完全なものなんです。多く欠けているんです。そんなもので世界が変えられるわけがないんですよ。

便利だけれども、すごい発明だけれども、私たちを動物から人間に変えてはくれたけれども、言葉は世界に対して何の影響力も持っていないんです。言葉が影響を与えられるのは、それを受けとめることができる人間だけです。

人は言葉の欠けを勝手に埋める

人間は言葉から影響を受けます。

それはなぜでしょう。

先ほどから言っているように、言葉というのは多くの情報を捨てて、ほんのちょっと、氷山の一角程度しかものごとをあらわせない、そういう性質のものです。

ところが、言葉を聞いた人間は、捨てられた部分、欠けている部分を、勝手に埋めちゃうんです。すごいですね。

先ほどのたとえです。「犬がいたよ」と誰かが言いました。実際そこにいたのは小さなやせっぽちのチワワでした。ところがそれを聞いた人が「えっ、そんな大きなものが！」なんて言うわけです。聞いてる人は『フランダースの犬』が大好きだったんですね。「いや、大きいとか言ってないし、こーんな小さいから」「えっ、そんな小さいセントバーナードがいたのか！」(笑)。セントバーナードは基本、でかいです。小さいセントバーナードはいません。でもパトラッシュ好きにはそれが見えている。

みんな笑ってますけれども、コミュニケーションってほとんどそんなものなんですよ。会話することで意思疎通ができていると思ったら大間違いですよ。今のたとえ話でも、もしパトラッシュ好きがセントバーナードだと思ったことを口にせず、納得してしまったならどうでしょう。話したほうは通じたと考えるでしょう。聞いてるほうも納得してるわけですしね。会話は成立しています。でもチワワは小さいセントバーナードになってしまってるんですが。その結果、「手乗りパトラッシュ」の都市伝説が生まれてしまう——というようなことは、実際に頻繁に起きているわけで。

言葉だけではコミュニケーションなんか取れやしないんです。だいたい、発するほうは言いっ放しで通じたと思ってます。でも通じてないですよ。足りないんですからね。で、聞くほうは勝手に補完しちゃうんです。だって、いろいろ欠けているんですからそこを埋めなきゃわからないでしょう。欠けているところを埋めるのは聞くほうなんです。私たちは、普通につまらない日常会話をしている時でさえ、空欄を勝手に自分の好きなように埋めて理解しているんですよ。

今、一生懸命メモをしている方がいらっしゃいますね。はじめに言ったように、僕の話なんか役に立たないですから、メモしてるのを見ると気の毒になります。

みなさんはメモする時、どういうところをメモしますか。思うに大事なところをメモしようと思っているでしょう。黒板に書いてある、あるいはホワイトボードに書かれている板書を一生懸命書き写したりしてますよね。学校でもしているでしょう。あるいは、先生がしゃべっていることで、ここはポイントになるんじゃないかというところを書くわけでしょう。

教科書にはいろんなことがたくさん書いてあります。でも、言葉でつづられている以上は、それでも多くが欠損しているんです。丸暗記したって欠けています。参考書を暗記しても足りませんね。レジュメなんかはもう少し要点を整理してあるわけですが、これ、要するにさらに捨てているだけなんですね。レジュメに書いてあることが全てなら、レジュメだけもらえばいいんです。別に説明してもらわなくてもそのほうが簡単で早い。でも、それじゃダメなんです。そこに書かれている事柄が、なぜ要点たり得るのか、せめてそこのところを説明してくれなくちゃ無意味ですね。

よく、講義や発表でレジュメを音読してるような講師や発表者がいますが、これは最悪ですね。原稿を読むことしかできないのなら、ペーパーを配って終わりにしたほうが効率的です。というかそれならメールで済むでしょう。

僕はこうやってレジュメも何もなくだらだらしゃべっているわけですが、今、メモされている方、そのメモを後で突き合わせてみてください。同じところをメモしている人なんか、たぶん一人もいないと思います。

みなさん、大事なところではなくて、自分が大事だと思うところをメモしているからですね。実は自分の好きなところだけメモしているんです。で、メモしていないところは全部忘れてしまいます。さらにメモしたから大丈夫と安心して、書いたことは書いた後に忘れちゃうんです。そして、メモをなくすんですね。

何ひとつ覚えていないことになる（笑）。

こういう時は、ただぼーっと聞いているほうが後から効いてくるもんですよ。ぼーっと聞いていれば、忘れませんから。最初から覚える気がないんですから、忘れもしないんです。「いや、それは覚えてもいないだろうよ」と思うなかれ。意識していないだけで、つまり明文化されていないだけで、だいたい覚えてるもんなんです。後になって、あれっ、これ、どっかで聞いたことがあるなとか、誰かこんなこと言ってたよなとか、その程度でいいんです。それでも、はじめに言ったように役に立てることはできるんです。

人間は自分の聞きたいところしか聞かないし、聞いてもわからないところは、自分で勝手に埋めているんですね。言葉を発するほうは、すごく不完全なものしか発することができないし、受け取るほうは、それを過剰に膨《ふく》らませて受け取らないとわかった気がしないんですよ。

言葉ってそういうものなんです。

皆さんはまだお若いから、不動産の契約書とか保険の約款《やっかん》とか、そういうものはそんなに見る機会がないかと思いますけど、あれ、くどくど、くどくど書いてあるんですよ。ちらっと見たことぐらいあるかもしれませんが、ものすごく細かく、しつこく書いてある。「おまえ、それ、もうちょっと簡単に言えないのかよ」と言いたくなるほど、くどくど書いてあるわけです。細かすぎて何が言いたいのかわからなくなるほど細かい。

あれは曲解されないようにやむなく書いてるんです。簡単に書いてしまうと言い切れていないところを受け取ったほうが勝手に考えちゃうから、そうされないようにわざと「簡単でなく」書くんです。解釈の幅をできるだけ狭くしよう、できることなら一種類にしてしまおうと、そのためにくどくど、くどくど書いてるんですね。

「ここは歩く」というルールが書面で指示されたとします。まあ、ルールですから歩くでしょう。ただ歩くといっても歩行速度も歩幅も歩き方も人それぞれです。走ったり這《は》ったりする人は論外としても、どこからどこまでをルール準拠とするのか、これはいちいちジャッジをくださなければいけなくなる。例外も頻出《ひんしゅつ》するでしょうし、基準もブレます。それは時に公平さを欠くことになりかねない。それではいけないケースもあるんですね。だから厳密に書く。まず「ここ」を明確にする。そして歩幅は何センチ、一歩は何秒ごと、と決めるわけです。それでもまだ駄目なんですね。必ず法の網を潜《くぐ》るヤツは出ます。基準のうちうちでスキップしてみたり(笑)。

と、いうわけで「まずコンマ五秒から八秒の間に左足の腿を十度から二十度の角度でできるだけ身体正面に引きつけ、同時に左足の膝を二十度から二十二度の範囲で関節の曲がる方向に曲げ、足の裏を主に踵《かかと》部分と地表との間が八センチ程度になるまで浮かし、その間に重心を左足に移す。移し終わる前に右足の踵を上げ」なんて書くことになるわけですね。まあ、それでもおんなじにはできません。そんななならインストラクターが見本を見せて「こんな感じでーす」とやったほうが余程いいわけ。

言葉はデジタルなんです。

アナログに近づけようとするなら、細分化していくしかない。粒子を細かくして解像度を上げるしかないんですね。普通はそんなこと書かないですけど、約款なんかは間違いがあってはいけませんから、細かく書くんです。４Ｋより８Ｋ。でもしょせんはデジタルですから、点と点の間は欠けているんですけどね。

法律なんかもそうですね。六法全書なんか見ると同じようなことがごちゃごちゃと細かくしつこく書いてあるでしょう。あれを全部覚えなきゃいけないから、なかなか司法試験に合格できないということになるわけですが、合格したところで法解釈は人によって違ってくるんですね。あんなに詳細に書かれた法律の文言でさえ、解釈にそれだけ幅ができちゃうんです。刑法だろうが、民法だろうが、憲法でさえ、解釈次第で意味が、時に百八十度変わってしまう。

もちろん書いたほうは、そんなに幅があっちゃ困るよと思って書いたんでしょうけど。なるべく幅が出ないように、一つの意味しか持たせないように心がけて書いても、受け取るほうの解釈次第で全然違う意味になってしまうことだってあるんです。

小説なんかは、むしろそこを逆手にとらないといけないんですよね。僕は一応、小説家なんですよね。忘れがちですが。

小説は、書いてあることより書いてないことのほうが大事なんです。

皆さん、小説を読まれる方も、読まれない方もいると思いますけれども、読んで面白いなあと思うこともあるでしょう。すげえ楽しいとか、わくわくするとか、いろんな感情をかき立てられることでしょう。その感情は、その小説がもたらしたものではないんですよ。その小説を読んだ読者である皆さんがつくり出したものなんです。

だから、最初からつまんねえだろうなと思って読むと、大方つまらないですね。逆に、きっと面白いに違いないと思い込むのもいけません。期待値が高すぎると裏切られるんです。と、いうか、「面白がらせてくれる」と思っちゃダメですね。読書は受動じゃなく、能動です。「面白がってやる」が正しいでしょう。

文章のリズム、版面、単語、何でもいいですが、とにかく自分に引き寄せて、ドライブ感を持って読むことができれば、その人の中で物語が紡がれていくんですね。つまり、小説は行間、あるいは紙背《しはい》を読むことによって楽しむものなんです。

しかし、小説以外の文書——ビジネス文書を始めとしたテキストに関して言うならば、そういう多様な読み方ができてしまうことは好ましくない、ということです。

それでも、つい私たちは勝手に解釈してしまうんですけどね。

歴史家は、大昔に書かれた公文書なり私文書なりを読み込んで、はたして史実はどうだったのだろう、といつも頭を悩ませています。僕には歴史学を専攻している友達が何人かいるので、よくわかるんですけれども、彼らは本当に必死で史料に向きあって、考えています。書かれていることから、「本当」を読み取ろうとしている。

史料は小説を読むように読んじゃいけないんですね。読む人によって違ってしまったんじゃ年表はつくれません。だからテキストクリティークにできるだけ徹しようと努力するわけです。成立の過程が疑わしいものは採用しない。史料性の低いものは参考程度に留め、史料性が高かったとしても、できるだけ偏った判断、解釈をしないように努める。歴史家は史料が指し示す真実を、書き記した人の真意をきちんと読み解こうとして、日夜、一所懸命に史料に取り組んでいるわけです。

それでも、全然違う歴史が書けちゃうんですよ。

鎌倉幕府が成立した年号が変わったのはつい最近です。でも、鎌倉幕府ができたのはずっと過去のことですから、これが変わっちゃうことはないですね。済んでしまったことは変えようがない。史料の解釈が変わっただけです。とはいうものの、信頼性の高い新史料がざくざく出てきたから変わったというわけでもないんです。

みんなで史料を精査し、検討に検討を重ねてみた結果、これまでの定説はちょっと違っていたんじゃないの、という結論に達したわけですね。

何人もの専門家が何十年もかけて研究して、それでもこういうことは起きるわけです。それほど文章というものは、文字というものは、言葉というものは当てにならない、ということです。

書いておけばいいというものではないんです。公的な記録でさえ、それだけ大幅に読み変えができちゃうんです。ですから、恣意的《しいてき》に読み変えることだって簡単にできちゃうんです。

ましてや日常会話なんて推《お》して知るべしですね。

しゃべるほうは、たとえ百万言を費やそうとも、伝えられる情報というのは非常に少ないわけです。とうてい正しく伝わることなどない。一方、受け取るほうは、どんな少ない言葉からも多量の意味を汲み取ってしまう。しかも、恣意的にです。

私たちは、そんな不確かなシステムで、やりとりをしている気になっているんです。気持ちが通じ合っているような気になっているんです。いや、本当のところは通じているのかどうかわからないんです。

でも、通じている「気になる」というのはすごく大事なことで、それでうまくいくのなら、それは構わないですね。

　とても大きなチワワを見た人がいたとします。で、「いやあすっげえ大きな犬がいたよ、これっくらいの」と言う。聞いた方はチワワとは思いませんね。大きいというんだから。で「えっ、それくらいならそんなに大きくないよ」という。チワワとしては大きくても、犬としてはそんな巨大でもないですからね。で、「むしろかわいいかも」なんて言う。でもまあ、見た人は気持ち悪いと思ったんです。実際でかいチワワはあんまりかわいくないかも。だから「いや、かわいくないよ」と答えた。

　実は、聞いた人は、大きな犬といえばチャウチャウしか思いつかない人だったんですね。しかも結構好き(笑)。だからチャウチャウ基準で考えた。チャウチャウとしては「これっくらい」はむしろ小振りです。だからかわいいかもと思った。で、目撃者はチャウチャウに興味がないんだと判断した。犬種もサイズ感もまったく通じていないんですけど、実際に会話の現場にその犬がいなければ、別に問題は起きないでしょう。まあ犬を見た程度の話ですから、その話題はそれで終わりです。二人の間には情報共有も意思の疎通もまったくできてないわけですが、それで困ることはない。

友情にヒビも入りません。何にも通じてないけど、たぶん二人はそれに気づきません。日常生活の会話なんて、だいたいそんなものですからね。それで成り立っているんですから、それはそれでいいんです。

SNSが炎上するわけ

最近はSNSがさかんですね。LINE、ツイッターといった、文章だけでやりとりするコミュニケーションツールがたくさんあります。昔はなかったんですよ。僕のような老人が若い頃は、そんなものは全くなかったんです。携帯電話すらなかったんです。家の電話すらない人もいたのです。昔は、遠くに連絡する時は、電報を打ったりしていたんですよ。電報って、一文字いくらで文書を作成してもらって、それを届けてもらうんですね。「チチキトクスグカエレ」とか。それを電報電話局の人が急いで持っていくわけです。「コレカラライキマス」とか。局員は内心、勝手にくりゃいいじゃんと思っていたかも（笑）。

待ち合わせなんかも、出会えなかった場合はもうどうしようもない。駅には伝言板なんてものがあったくらいです。今は便利ですね。必ずスマートフォンなり携帯電話を持っていますから、待ち合わせ場所を全く決めなくても、はぐれることなく出会うことができます。それは非常にいいんです。

昔は遠くの人とコミュニケーションをとろうとする際、手紙というものを書いていました。便箋《びんせん》にペンなどで文章を書くんです。手書きです。封筒に入れ、切手を貼ってポストに投函《とうかん》し、それを郵便局の人が回収に来て、地域別により分け、配達先の当該郵便局まで輸送し、それを配達係の人が各戸に配って歩いたわけですね。で、自分家《ち》の郵便受けをあけて、「あら、あの人から手紙が来たわ」とか言って、封を破って取り出して、それから読むんです。どれだけ手間がかかっているんですか。書いてから読むまで何日もかかる。離島や海外なんかだと、何箇月もかかる。

今は、メールを書いて送信をクリックすれば、ほとんどノーストレスで相手に届きます。時間的にも全くインターバルなく、世界中に届きます。極めて便利ですね。LINEなんかはもっと便利です。既読か未読かもわかっちゃいます。ツイッターだってフォロワーの人がいっぱいいて、あっという間にワーッと読まれちゃいます。

とても便利なんですが、手紙にしろSNSにしろ、文書ですからね。言葉で伝えるしかないんですよ。せいぜい写真か短い映像を添えられるぐらいで。さっきも言いましたが、言葉は非常に不完全なものです。伝えたい事柄を正確に言いあらわすことは不可能に近い。受け取るほうは常に過剰な意味合いを付加してしまうんです。

昔、手紙でやりとりしていた時代は、ラブレターというものがありました。僕のような恋愛に縁がない人間は別として、友人はみんな一生懸命書いていました。あれはだいたい夜書くみたいですね。悶々《もんもん》として寝られなくなって、夜中に思いのたけを紙に書きつけるんでしょうね。でも朝起きてすぐ出したりはしない。踏ん切りがつかないし、学校に行かなきゃいけないし、それで一日もだえ苦しんで、帰ってから読み返すと、もう恥ずかしくて出せたものじゃない（笑）。破り捨てます。もう一度書きます。何度も、何度も、何度も書き直します。それでも踏みとどまったりします。ある日、エイヤッと、どこかで何かが背中を押して、出しちゃう。

でも、おおむね無視（笑）。返事がきたとしても、一行、「ごめんなさい」とかですよ。何も通じないの（笑）。通じないという以前にほかの理由もあるのかもしれませんけど、まあ、それだけ吟味して書かれた文章でも、通じない時は通じないんです。

今、書いてすぐその場でパーッとアップしちゃいますね。考えなしに。しかもそれ、一度にたくさんの人が読みます。一斉に大量の解釈がなされるわけですね。

これ、炎上しないわけがないですよ。そうでしょう。

SNS上に何か投稿しますね。「俺、ちょっと気のきいたことを書いちゃった。これでみんな『いいね！』を押すことであろう」とか思っているわけ。そんなことはないですよ。どんなに気のきいたことを書いたって、百人いたら五十人ぐらいは「何書いてるんだ、こいつアホか」と思いますよ。ただ何も反応しない人が多いだけ。でも中には自己顕示欲や承認欲求の強い人たちもいるわけです。そういう方々は全く悪意がないような文章に対してでも過剰に反応して、脊髄《せきずい》反射的に書き込むんですね。そうやって書き込まれた文書を読んで、また過剰に受け取る人が出るんです。ネズミ算式に拡大して行く。これは絶対に炎上しますよ。しないほうがおかしいんです。

文章だけなんですから。文字だけで、速やかで、優しくて、慈愛に満ちたコミュニケーションなんかできるわけがないんですよ。実際にこうやって顔を突き合わせて話していたって通じないんですから。しかも、書くほうも読むほうも、そんなに時間をかけて吟味していないことがほとんどですからね。

伝言ゲームというものがありまして。何人もの人が同じ文言を次の人に伝えて行くわけですが、まあ途中で情報は劣化したり変質したりしてしまって、結局ちゃんと伝わらないという、まあそういうケースの比喩によく使われます。でも、さっきのチワワとチャウチャウの話でわかるとおり、一対一の直接会話でも同じことは起きているんです。SNSの場合は一対不特定多数、しかもインターバルなしですよ。そのうえ発言は消せないわけですから、そうした反応は半永久的に続くんです。受け取る人が歴史学者のように書き込みの真意を精査してくれるなんてこともないんです。勝手に解釈して勝手に反応するだけです。延々と。

言葉は通じないんです。

だから、まずそれを承知で使いましょう。言葉とはそういうものなんです。みんな勘違いしているんです。自分の気持ちは必ず伝わると思っているんです。でも、その自分の気持ちさえ言葉にはできないんですよ。

最初に言いました。感情なんてものは複雑で、簡潔に言いあらわせるものではないはずです。でも「悲しい」でまとめちゃったら、まあ悲しいんだろうということにするしかない。本当に悲しいかどうかは自分でもわからないはずなんですけどね。

まず情報を分断し、自分に必要のないところを捨てて、単純化してしまわないと言葉には置き換えられないんです。さらに、「悲しい」に一本化したとして、その「悲しい」にもいろいろな「悲しい」があるんだというところが問題で。受け取る側はその無限の選択肢の中から好きなものを選んで、「悲しい」を理解するわけです。

そんなものなんです。

昔、「話せばわかる」と言った総理大臣がいましたが、残念ながら暗殺されてしまいました。話したってわかりゃしません。でも、逆に、話さなくたってわかる時はわかるんです。そういう関係性が築けているなら、別に言葉は必要ないですね。アイコンタクトだけで通じる人だっています。それは問題ないんです。さっきの釈迦と弟子みたいなもので、そっちのコミュニケーションはたぶん100パーセントできているでしょう。

ただし、中にはそそっかしい人もいますから、勘違いの場合もあるので充分に気をつけてください(笑)。これ、確認はできませんからね。「ヤバいよ」とアイコンタクトを送ったのに、「オッケーね」と誤解されることもありますから、危なっかしい相手の場合は、少なくとも言葉で補ったほうが安心だとは思いますが。

言葉の信頼性は、置かれた状況、使用する環境によって大きく変わってしまうんです。だから常にTPOに気をつけていなければいけないということですね。

日本語のすぐれたところ

さて、これまで区別せずにお話ししてきましたが、言葉は音の組み合わせと、記号の組み合わせで成り立っています。これからは記号のほう、つまり視覚言語――というより、文字についてお話しします。

くり返しますが、言葉は欠損しています。それゆえに過剰を呼び込んでしまうんですね。その過剰さを助長しているのが、文字です。

SNSなどは音声のやりとりもありますけれども、基本的には文書です。メールもそうですね。文書は文字の羅列で構成されています。日常的にそうしたものに触れている今の若者――皆さんは、僕のようなおじいさん世代の若い頃より、はるかに文字と接する機会は多いはずです。

「最近の若い者はなっていない」と、まあよく耳にしますよね。それ、僕らの世代も言われてました。若い頃に。たぶん、僕らの親世代も言われたはずです。さかのぼれば、古代エジプトのピラミッド建設時に働いた人たちの書き記したものの中に、「最近の若い者はなっていない」と書いてあったとかなかったとか。以来、何千年と「最近の若い者はなっていない」と言い続けられているんですね。「なっていない」と言われた若い者が若くなくなると、次の若い者に「なっていない」と言う。「なってなかった」あんたらに育てられたんだから「なってない」のは当然だろうという気もするんですが、まるで言われたぶん言わなきゃ損だというかのように言う。その歴史を繰り返しているわけです。すでに儀式ですね。

でもそんなことないですよね。僕の目からみると、最近の若い人たちは大変に優秀です。本当にそう思います。礼儀正しいし、頭もいい。僕らの世代なんかは、まあ馬鹿ですよ。百歩譲って馬鹿まではいいとしても(笑)、いろいろダメですね。少し上の世代はバブルの夢よもう一度みたいな妄執から抜けられないような具合だし、うんと上の世代になると、知恵も分別もあるわけですが、残念ながら時世に沿っているかといわれればいかがなものかと。あ、これは悪口ではありません。

ジェネレーションでざっくり切り取って評価することにそんなに意味はありませんね。それはジェンダーや性別や国籍や家柄や学歴なんかを判断基準にして人の価値を決めちゃうくらい、愚かしいことです。人を評価するなら、あくまで個人として評価しなければいけないでしょう。

ただ、世代によってダメさ加減に一定の傾向が見られるということだけは言えるかもしれないですね。そしてどの世代にも一定数ダメな人はいるわけです。さらに要職に就かれている人や指導的立場にある人にもそうした傾向はまま見られるわけで、そうなると、いろいろまずいことも起きるわけです。

早く皆さんの世代がこの社会を動かすようになって欲しいものだと思います。何がどう変わるのか楽しみでなりません。

まあ、それはそれとして。先ほど言ったように、皆さんは私たちの世代なんかよりはるかに文字に接する機会が多いですね。こうしている間にも皆さんのスマートフォンやタブレットはたくさんのテキストを受信しているでしょう。

メールにしてもＬＩＮＥにしてもツイッターにしても、すぐに、簡単に書けてしまいますね。素晴しいことです。

我々の頃は、わからない漢字は辞書を引かなければ読んだり書いたりできませんでした。今はいくらでも機械が変換してくれます。読めなくても書ける（笑）。意味がわからなくても検索すればおおむねわかる。

これは、ある意味で革命的なことなんですね。いまだに手書き信仰のような迷信をありがたがる人もいるわけですが、どうでしょう。手書きと打ち込みでは、思考のプロセスがまったく違うんです。

梅棹忠夫《うめさおただお》さんなんかがずいぶん昔に指摘していたことですが、手書きというのは要するに出力なんですね。プリントアウトです。だからしくじると再度出力しなければいけない。つまり、思考としてはファイナル、最終形態なんです。しかも、その昔は紙に墨で筆書きでしたから、ケシゴムすら使えない。誤字も脱字も直せない。知らない字は書けない。後戻りができない。そのうえ字がヘタだと書く気が失せる。考えながら書くことはできなかったんです。完全に考え終わってから書くよりほかなかった。

それではまともに「考える」ことができないわけです。頭の中だけで考えを整理整頓するのは、なかなか大変なことですからね。計算でいうなら暗算です。

言葉を選ぶにしても、それが最適な言葉なのかどうか、出力してみるまでは確認できないですね。そのうえ昔は話し言葉と書き言葉はまったく違うものでした。口語体と文語体に大きな差がなくなるのは、明治期の言文一致運動以降のことですし、それだってすぐに完成して定着したわけではありません。達筆な人でも、おしゃべりをするようにすらすら書けるというわけじゃなかったんです。

だから下書きしたり清書したり書き直したり、まあ出力するまでには面倒な手続きが必要だったわけで、書く際も内容を吟味するよりも、きれいに字を書くほうに心血をそそがなければいけなかったんですね。

英文のタイプライターのようなものがあれば、少なくとも字のうまいヘタは関係なくなるだろうと考えた人もいるわけですが、日本語は文字種が大量にあるので、そんなものは作れなかった。だから一時期、漢字を廃止してカタカナだけにしたほうが国民が賢くなるんじゃないかと、本気で考えたりもしていたわけです。

やがて日本語ワードプロセッサが発明されるわけですが、発売時には世間の拒絶感がそれなりにあったんです。おもちゃあつかいされたり、そんなもんで書いた文には心がこもらないとか（笑）。それって、わずか三十数年前のことですよ。

それから現在までの変化は目覚ましいものがありますね。

現在のスタイルというのは、言ってみれば思考プロセスの一部を外部化するということですね。外づけのハードディスクやクラウドにデータが蓄積されているのみならず、外部のOSを使って思考を並列処理しているわけですから、精度も効率もめざましく進歩している。書きながら考えることができるようになったんです。

そういうふうに言うとですね、ある世代の方なんかは「頭が悪くなるんじゃないの」とおっしゃるんですね。「自分で考えてないじゃない」と言う。それは大きな勘違いですね。「自分ひとりで考えられないところまで自分ひとりで考えられるようになった」だけのことで、思考しているのは書いてる人です。別にAIが書いてるわけじゃないですから。より複雑で、より高度な思考が可能になったと考えるべきなんです。ですから、皆さんはとても良い時代に育っているんです。

僕が皆さんに期待するのは、そして最近の若い人は優秀だと言うのは、その点に負うところも大きいんですね。皆さん、文字を読まない日はないでしょう。どこに行ったって何か書いてあるでしょう。絶対に文字を目にしているんです。それぐらいですから皆さんは文字に対して高い親和性を持っているはずです。

で、最近の若い人は本を読まないなんて言いますね。まあ本は売れてないわけですが、もともとこんなもんなんです。皆さんは本なんか読まなくたって文字を読んでいるんですから、本を読むぐらいのことは簡単にできるはずですね。それでも読まないのは本がつまらないからでしょう。それは僕らが悪いんです。いや、出版業界のダメさ加減に言及しはじめると何時間あっても足りないのでやめます（笑）。

さて、私たちは、日本語という言葉を使っています。日本語は実にフレキシブルで、いい言葉なんですよ。あ、これは「日本スゴイ」発言ではないので勘違いしないでくださいね。すぐれた特性があるというだけで、「スゴイ」とか「エライ」とかいう話ではないですし、他の言語が劣っているなんて話でもありません。

今僕が言った「日本語はフレキシブル」の「日本語」は漢字表記です。「日本」は漢字を使った固有名詞ですが、「語」は中国語由来。「日本語」という言葉は中国語的表記ですね。「は」は日本語で、ひらがなで書きますね。「フレキシブル」は、日本語じゃないです。外国の言葉です。外国の言葉は慣例的に、主にカタカナ表記をするということになっています。

一つの短文の中にどれだけたくさんの言葉が入っていることか。

日本語って何でもありなんですよ。適当なんです。すごくないですか（笑）。

中国語の場合も同じように対応できるはずなんですけど、漢字しかないので若干面倒くさい対応になりますね。表音文字として使われる漢字もありますが、区別がつけにくいですし。英語圏の人たちなどはローマ字なり何なり、その言語を表記する文字しかないので、これもまた難しいんですね。英語のアルファベットは二十六文字しかないですから、それで何もかも書きあらわさなきゃいけない。

日本語だと、フレキシブルをflexibleとローマ字で書いても平気ですね。和訳したうえで漢字表記して柔軟性《フレキシブル》とルビを振ることもできます。

皆さんもメールなどを書く時に、漢字、ひらがな、カタカナ、ローマ字、全部使いますね。その上、絵文字から顔文字、スタンプにマークまで、何でもオーケーですね。感心してしまいます。こんな適当な言葉はないですよ。世界中の文字が全部織り混ぜられるんですから。イスラム圏の文字は反対向きから書いたりすることもあるので、なかなか混ぜにくいんですけれども、それもまあ、何とかなります。おおむね大丈夫なんです。そんな文書を、私たちはパッと目にして、スッとわかっちゃうんです。単語の意味はひとまず置いておくとしても、それなりに通じますね。

視覚言語として、日本語は非常にすぐれた特性を持っているということです。この、汎用性《はんようせい》が高く応用性に富んだ日本語表記の特性が十二分に生かされるようになったのも、手書きの時代でなくなったからですね。縦書き筆文字で英語表記はかなりツラいものがありますし、手書きで顔文字も、やや萎える（笑）。

で、そんなふうに書かれた文章を読む時に、皆さんは頭の中で音にしていませんか。音読をしなかったとしても、声に出して読まなかったとしても、音声に変換している可能性がかなり高いと思います。

視覚言語と音声言語は表裏一体なんですね。アルファベットはみんな表音文字なんです。漢字はすべて表意文字ですね。でも日本語はそうではありません。表意文字も表音文字も、他言語の文字も、読み方がないイラストまで組み込まれています。そんな複雑な表記になっているにもかかわらず、私たちはそれを音に変換して読むことができちゃうわけです。読んでしまうのです。だから、この国に暮らす私たちの言語感覚はそんなに捨てたものじゃないという気がしますね。

そもそも、漢字は日本の文字じゃないんですよ。ひらがなだってカタカナだってもとは漢字からできたもんなんですから、全部違うと言えばそうなんですけれども。

日本には、言葉はあったけれども文字はなかったんです。

今も、漢文の授業はあるんでしょうか。使わないんだからなくせ、なんて声もあるようですが、とんでもないですね。漢文って、中国語を習うわけじゃないですね。中国語で書かれた文を日本語に変換して読むという、普通は考えられないハイテクな考え方を習うんです。そんな突飛な考え方が役に立たないわけがないですよね。

外国語がわからない時は、普通は文法や単語をおぼえて自国語に翻訳します。どこの国だってそうです。でも、この国の昔の人は、記号なんかを足して中国語をまんま日本語として読めるようにしちゃったんです。一方で、文字を拝借して自国語を書きあらわす表音文字、カタカナとひらがなを作りました。そして、やまと言葉と漢文のハイブリッドとして文語体が生まれて、それが口語にも影響を与え、徐々に日本語は豊かになっていったわけですね。言葉の豊かさは思考の複雑さを呼び、それは文化の発展につながる。良いことですね。

さてその漢字ですが、これは中国で発明された表意文字です。もともとは象形文字《しょうけい》ですね。象形文字というのは、絵です。「馬」という字は、もともと馬の絵なんですね。絵を見れば、まあ馬だとわかる。絵がヘタだと難しいですが。

でも、「馬」という字になっちゃうと少し違います。「馬」という字を見て何を思い描くかは、その人の生活環境、文化環境によって全然違ってくるでしょう。

そこに、でかく「馬」と書いてあったとします。「馬刺し、うめえよな」と思う人もいます。その辺のおやじだったら、「チッ、この間、競馬ですっちまってよ」と思うかもしれません。ちょっとハイソな方だと、「あの時の乗馬はちょっとつらかったわね」と思うかもしれません。「馬鹿」かもしれないし「馬力」かもしれない。

馬だっていろいろなんです。それだけのものをたった一文字ですべて、馬にかかわるあらゆるものを、「馬」という漢字はイメージさせることができるんですよ。これは素直にすごいと思います。

だからこそ文章から過剰に何かを思い起こしてしまうことがあるわけです。

日本語の場合、特に。日本語は、たくさんの文字を使えますから、その文字一つ一つがハイパーリンクして全く別なテキスト、イメージに接続してしまう可能性があるんです。解釈の多様性が格段に高い。したがって、炎上する可能性は、英語で書かれた文献よりはるかに高いと思われます。そこには充分留意する必要があります。あなたの書いた文章は、あなたの思うとおりに受け取られることは、まずありません。

すべての読書は誤読である

小説家で、「俺の書いた小説はそんなふうに受け取ってもらっちゃ困る」みたいなことを言う人が、たまにいるんですね。それはいけませんね。さっきも言いましたが、小説は読者のものなんです。書き手のものじゃないんです。「俺の書いたものはこういうふうに受け取ってくれ」と一人ずつに言って回ったところで、どうにもなりません。小説は自己主張じゃないし、主張が伝わることなんか絶対にないです。

今は知りませんが、昔は国語のテストで「作者の気持ちを考えてみよう」という問題が出ることがありました。これ、正解はたぶんないんですね。あるとしたら、だいたい「面倒くせえな」とか「書きたくない」、これが正解（笑）。「ギャラ安いんだよな」、これも正解（笑）。本当ですよ。「最近売れねえから、たくさん書かないと苦しいぞ」、これも正解です。そういうものです。でも、そんなこと書いたら不正解になりますね。とはいえ、登場人物の気持ちならまだしも、作者の気持ちは作者以外、誰にもわからないでしょう。

いや、血の汗を流しながら書いた小説なんかないですよ。いや、別な意味で血の涙は流してるんですけどね。みんな、それこそ必死で書いてます。知恵を絞って肉体を酷使して、渾身の力をこめて書いてます。でも、「私はこれを書くために生まれてきたんだ」とか、そういうものはないですよ。まあ、本当にそうだったら書き終わったとたんに死んじゃうじゃん（笑）。

みんな商売でやっているんですから。

そもそも書き手の気持ちなんかどうでもいいんですね。書いてあっても伝わらないんですから。伝わる必要もないんです。さっき言ったように、それぞれが、読むことによって、紙背や行間から何かを汲み出し、それぞれの心の中にすばらしい物語を生み出せる、そうした作品であるならば、それは傑作なんです。ですから、どんな小説でも傑作になる可能性があるんですね。傑作になるかどうかは読者によるんです。いい読者にめぐり会えた小説のみが傑作として伝えられるんです。それだけのことなんです。すべて読者にかかっているんです。

どんな文章も、どんな言葉も、受け取る側によっていかようにも変わってしまうということは、言葉を扱う商売である僕たちは肝《きも》に銘《めい》じなきゃいけないと思います。

だからといって、できるだけ誤解を避けようなんて姑息なことを考えちゃいけないですね。書き手が考えるべきは、どれだけ誤解されても平気なものを書くように心がけること――いや、いかにたくさんの解釈ができるように書くか、でしょうね。

たくさんの人に楽しんでもらおうとするなら、多様な解釈ができるテキストのほうがいいに決まっています。好き勝手に読んで、好き勝手に面白がれるから小説は面白いんです。小説の読み方に関しては他人の意見なんか聞く必要は一切ありません。小説の読み方にルールなんかないんです。それでも「書いた人の気持ちを正確に汲み取る」のが唯一の正解だとするのであれば、読書はすべて誤読です。

言い換えるなら小説の場合、すべての誤読は正解なんです。正解でないというのなら、それが正解でないということをどこかに明示しておかなければいけません。しかも、事細かに。契約書や約款のように。そんな小説が面白いでしょうか。いや、まあ、それはそれでアリなのかもしれませんけど、それでも、誤読はされるんです。

ましてツイッターのような短い文言の中でそんなことをするのは不可能です。

ツイートした後に、おやおや、これはまずいかなと、次々と書き足していく人がいますね。自分に返信する形で延々と、タイムラインを埋めつくすほど。

あれは書いても書いても、ダメかな、まだ誤解があるかな、まずいかなと思うんでしょう。無理もありません。でも、いくらつなげたって絶対誤解されるんですね。続きを読まない人だっていますし。それが嫌なら書くんじゃないということになってしまいますね。小説に限らず、あらゆる文章は誤読されるものなんですから。そうでなければ、歴史学者はあんなに苦労しないんです。

あらゆる争いは言葉の行き違いから起きる

言葉は非常に便利なものだし、私たちに数々の英知を与えてもくれたけれども、その効能と同じかそれ以上に、非常に危ないものでもあるんです。

先に言ったとおり言葉で世界は変えられません。言霊がこの世の中で効き目があるのは人の心だけなんです。人の心は言葉で操ることができます。皆さんだって今、僕に若干《じゃっかん》操られています（笑）。僕はうそばっかり言ってるかもしれないんですよ。全部でなくても、少しうそを混ぜているかもしれないし、間違っているかもしれない。

疑ってかかりましょう。

このうさん臭いオヤジがさっきから言っていることは、全部うそなんじゃないかと一旦疑ってかかりましょう。そして、自分で考えましょう。考えた末に、あれ、ホントかなと思っても、まだ信用しちゃダメです（笑）。もう一回ぐらい疑いましょう。そういう気持ちが大事なんですよ。こんなオヤジが、こんな高いところから、こんなささやくような声で言うことは、素直に信じちゃダメなんです。

同じように、自分の気持ちも疑ってみましょう。「私ってこういう人だから」、「俺はこういう人間だ」、「ここだけは曲げられない」、「僕はこういう信念を持って生きているんです」、そういう人がいっぱいいますね。それをよりどころにしている人もいますね。それは全部、思い込みです。一回捨ててみたほうがいいですね。疑いましょう。それ、自分で自分をだましていませんか。

なぜならば、私たちは脳内でも「言葉で考えて」いるからです。

言葉というのは、人に対して発するだけでなく、自分の気持ちや思考を整理する時にも使われているんです。自分の考えをまとめる時、自分の気持ちをたしかめる時に、言葉を使わない人はまずいないでしょう。

みずからのことであるにもかかわらず、不完全な言葉を採用してしまったがゆえにその言葉が持っている別な意味を過剰に抱え込んでしまい、結果、非常によろしくない思い込みにとらわれ、目が曇ってしまう人のいかに多いことか。

よく考えてみましょう。

私はこれが好きだ、これが嫌いだ。私はこれができない、したくない、やりたくない。これだけはゆるせない。僕はこれこれこういう人間なんだから。

ちょっと疑ってみたほうがいいかもしれませんね。

本当にそうですか。何か言葉を利用して自己正当化をしていませんか。言葉を使えば簡単に自己正当化できます。俺は悪くない、私は正しい。口に出してしまえば「いや、そんなことないよ」と否定されるようなことでも、自分の中だけでは正当化できてしまいます。だから否定されるとムカつくわけですが、それは自分で自分をだましているのと変わりません。一回疑ってみましょう。何回でも疑ってみましょう。

人の言葉を聞く時も、本当にこの人はこういう意味で言ったのかどうか、もう一度、二度、三度、四度、五度と、よく考えてから、反応しましょう。言葉は、慎重に使うにこしたことはないんです。

すばらしい発明は、常に高いリスクを伴うものなんです。原子力がいまだ危険きわまりないものであるように。言葉は人類始まって以来の大発明なんですから、それ相応のリスクがあるということです。

過去、起こされた数多くのいさかい、争い、戦争の多くが、言葉の行き違いから生まれてきたことを忘れてはなりません。きちんと伝わっていれば起きずに済んだ紛争も数多くあったでしょう。

いや、「話せばわかる」なんてぬるいことを言っているから、そういうことになるんです。「話してもわからない」ことを前提にしたコミュニケーションを図るしかないんです。「想定外のことは必ず起きる」ことを大前提とするのが危機管理です。「想定外だよ」は言いわけになりません。安全管理と危機管理を間違えると、危機はすぐに訪れるんです。

言葉を発する前に考えましょう。それは自分の意見を表明するのに相応《ふさわ》しい文言なのか。誤解されるとしても、どんな誤解が生じるのか。同じように、聞いているほうも、自分の解釈が絶対に正しいなどと思い込まないようにすべきです。そうすることが、話し合いに臨む際の基本、会話の第一歩ではないでしょうか。

実際、よくあるんですよ。泥沼のような、ものすごいけんかの仲裁《ちゅうさい》に入りますよね。それで双方から逐一《ちくいち》事情を聞いてみる。細かく微に入り細をうがって聞くと、双方の言い分がまったく同じだったりする。「じゃ、何でけんかになるんだよ」とこっちがキレるしかない。些細《ささい》なことでもそうです。

非常に理不尽なことを言ってくる人がいたら、「おまえ、それはねえだろう」と腹も立つでしょう。でも、もう一回考えてみましょう。理不尽なことに聞こえているだけかもしれないし、理不尽なことを言わなければいけない事情があるのかもしれない。本当にそこは気をつけなければいけないことです。そうすれば、たたかわずに済むんです。

「勝った」「負けた」も言葉の魔術

人に負けたくない、負けず嫌いという人が世の中にはいますね。でも、よく考えてみると「負けず嫌い」って、変な言葉ですね。

「負けず」というのは「負けない」ということですもんね。それが嫌いというのなら、勝つのが嫌なのかいという話になるんですけれども（笑）、負けず嫌いとはそういう意味ではないですね。絶対勝たなきゃいけない。絶対負けたくない。俺、勝ちたいんだ、勝ちしかないんだという人のことですね。

勝負の世界には、勝者と敗者しかいません。まれに引き分けもあるかもしれないけれども、勝ちを取りに行っている人にとっては、引き分けは勝ちのうちに入らないらしいですから、「勝負に持ち込んだ」場合、勝ちか負けしかないようです。

いや、絶対に負けたくない人は、絶対に勝負しなきゃいいんです。そんな変な土俵に上《のぼ》らなきゃいいんです。そうすれば絶対負けないんですよ。「いやいや。それは言葉の上だけの問題でしょう、概念上に話を持ち込んでうまく言いくるめようとしているな」と思っている人、いますね。

違います。本当にそうなんですよ。

勝った、負けたというのは、ルールあってこその考え方です。そうですよね。きちんとしたルールがつくられていて、そのルールが厳正に施行されている場でのみそれは有効なんです。それ以外の場では、勝ち負けなんて絶対に決められないんです。

「勝ち組」「負け組」なんて言葉が昔流行して、今でもたまに使う人がいますけれども、張り倒してやりたくなりますね。負け組って、いったい何に負けたんでしょうか。しかも「組」ですよ。世の中に負け組なんて組はないです。同時に、勝ち組だと威張っている人も、何に勝ったんですか。何にも勝ってません。そんなルールは世の中に存在しないんです。お金を持っているほうが勝ちとか、位《くらい》が高いほうが勝ちとか、彼女がいるほうが勝ちとか、彼氏の年収が高ければ勝ちとか、そんなルールは誰が決めたんですか。そんなルールはないんです。その人の人生はその人がよければそれでいいんです。負けもなし、勝ちもなし。これが正しいあり方ですよね。

勝敗という概念はゲームの中だけで有効なものなんです。ルールが厳密に定まっていて、そのルールが公平公正に施行されるステージでなければ無効です。ですから大した根拠もなく、軽々しく勝ち負けなんて言うのはよろしくないですね。自分勝手に線引きして勝った負けたと一喜一憂してもしようがないんですよ。

ゲームに参加しているなら構いません。ゲームに勝つためにする努力は尊いでしょうし、その成果は勝敗にかかわらず評価されるべきです。でも、勝敗はあくまでゲームのために用意された装置であって、プレイヤーのためにあるものではないですね。

練習したり、鍛練したりすることは、それ自体楽しいのでしょうし、有意義でしょう。そうした努力や、その結果は、どうであれ讃えられてしかるべきものだと思います。でも、勝敗それ自体は「遊び」なんです。それを人生に持ち込んで、勝った、負けたと深刻になるようなばかばかしいことをしてはいけません。

これも実は言葉の魔術です。勝つと負けるでは勝つほうが「良い」というイメージがあるでしょう。だから、いい思いをしているやつはみんな勝ちだと思っちゃうんでしょうね。いけないことですね。いい思いをしている人は、いい思いをしているだけです。何かに勝ったわけではない。いい思いができない、何かつらい思いをしている人は、つらい思いをしているだけです。何かに負けたわけではありません。

皆さんも、もうすぐ選挙権が手に入るでしょう。選挙も勝った負けたと言いますね。あれも違いますよ。有権者が選んだだけです。落選した人は選ばれなかっただけです。たたかって勝ったわけではないですよ。候補者同士がたたかって、生き残ったほうが勝ちなんていうルールではないです。間違ってはいけません。「勝った！　バンザイ」とか言っているのを見ると、やっぱりどうかと思ってしまいます。彼らは選ばれたんです。私たちが選んだんです。もう少し厳粛に受け止めてほしいですね。

もう一つ、「勝負とは自分に勝つことだ」とか言うでしょう。自分とのたたかいだとか。それ、誰と誰がたたかっているんですか。自分とのたたかいで自分に勝ったら、誰が負けたんですか。自分に勝つということは、自分が負けているわけでしょう。おかしいですね。自分に勝つなんてことは、SF的な状況下でないと考えられないことですよ。だって、勝ったほうが負けるんですよ。これも言葉の上だけで成立している方便ですね。実際にはあり得ないことなんです。

それって、努力をしてその成果が出たというだけのことですよね。なぜそんな単純なことを、そんな面倒くさい言い回しで表現しなきゃいけないんですか。それは、何か目標を立てたとして、途中でそれを放棄したくなっちゃうからですね。

途中で嫌になっちゃう自分がいて、それに対し嫌になってはいけないぞという自分が勝った、ということなんでしょうね。ほとんど省かれてます。だから「はあ？」となっちゃう。もっと素直でいいでしょう。そんな戦国武将みたいに格好をつけることはないんです。頑張っていい成果が出たら、「うれしい」でいいじゃないですか。途中で怠《なま》け心が出てやめちゃったなら、「俺、やっぱり怠け者だったわ」とがっかりする。それでいいですよね。何が悪いんですか。

怠けてしまう自分が嫌いだ、ということなんでしょうけどね。それ、本当でしょうか。怠けてようが、途中でやめようが、それはあなたなんです。そういう自分を認めることができない人は、それより先には進めないですよ。自分をやっつけて、たたきのめして、「勝ったぞ！」とひとり言を叫んでいったいどうなるんでしょう。そういう場合、多く成功体験とセットになっているケースが多くて、だからそんな喩《たと》えをするんでしょうけど、「自分に勝った」ところで、目指す結果が出せないケースだってたくさんあるんです。その場合は、「怠ける自分」のせいにするんでしょうね。自分の中で責任押しつけ合ってどうしますか（笑）。それは「怠ける自分」が嫌いなんじゃなくて、目標達成ができないのが嫌なだけですね。できないのは努力不足か、分不相応な目標を立てているだけのことです。「怠ける自分」を別人格として想定することは、自分を過大評価しているうえに承認欲求の強い人が、いいわけのためにする方便です。いいわけをしないで済んだ時に、「自分に勝った」みたいなことを言うわけですね。そんな殺伐としているうえに未練がましい態度で、本当の成果は出せないと思いますね。楽しくないし。淡々と、しかも楽しく積み重ねた、身の丈に合った努力こそが本来の成果を生むんです。くだらない精神論は捨てたほうがいいですね。

受験だってそうですよ。勝ち負けじゃないんです。勉強は、本来楽しんでやるもののはずだし、自分のためになるからやるものなんですね。その毎日の繰り返しの結果として、受験の合否があるわけですから。勝ち負けではない。昔、「必勝！」という鉢巻きを巻いたりしていましたよ。何に勝つんですか。やっぱり「おのれに勝つ」とか言うんでしょうけど。そうじゃないでしょう。「俺は自分に勝ったんだ」と荒野で叫んでみても、誰も褒めてはくれませんね。崖《がけ》の上で「俺は自分に勝ったのだ！」と吠えたって、アニメなんかだと格好いいかもしれないですが、それ、誰に言っているんですか。自分に言っているんでしょう。なら口に出さなくたっていいじゃないですか。そんな無駄なこと、しなくていいです。

人間は自分がなりたいものになる

人間は、なりたいものになるんです。なっちゃうんです。今のあなたたちは、あなたたちがなりたかったものなんです。それは間違いのないことです。

本当の自分はこんなじゃないというのでしょうか。私はやればもっとできる子だというんでしょうか。なら、やればいいじゃないですか。やらないから、できないんです。今の自分が、自分のこれまでの成果なんです。意識していなくてもそれが望んだ自分です。まずそこを認めないと、そこから先には進めないです。いつか変わるんだとか、本当は自分はもっとすごいんだとか、そんな妄想を抱いてはいけません。

皆さんはもう十代後半でしょう。「三つ子の魂百まで」ということわざがあるんですよ——ことわざというか成語ですかね。それはまあ本当で、三歳ぐらいまでに形成された人格は生涯変わるものではないです。僕は今、老いさらばえた、オヤジも過ぎた老人です。でも、皆さんぐらいの頃からまったく成長していません。齢《とし》をくってくたびれたり、つまらないことを学習したりはしましたが、基本は同じ。人間、そんなに成長するものではないんです。だからみなさんはほぼできあがっている（笑）。

そして、そのできあがった自分は、誰あらん、皆さん自身がつくったものです。親のせいでも、環境のせいでも、学校のせいでもないです。もちろん、そうした条件はいろいろな制約となる場合もあります。ただ、同じ条件であっても、同じ人間にはならないですね。自分がなりたいように、今、なっているんです。

良いところも悪いところも含めて、今の皆さんは、自分自身が半ば望んでつくり上げたものなんですよ。それを打ち負かしたりしちゃいかんでしょう。自分がつくり上げた今の自分をまず認めて、その上でこれからどのようにしていくのが効率的で効果的なのか、それを考えるほうがずっといいです。もちろん、それも自分が決めることです。そんな自分とたたかってどうするんですか。負かされた自分はどうなるんですか。自分を大事にしましょうね。

ただ、自分が嫌いだという人もいるんですよね。それは仕方がないですね。好きになれとは言いません。でも自分を嫌っているのも自分ですから、その場合は嫌っているほうの自分を大事にしましょう。

いずれにしても、勝ち負けなんぞという非常に単純化された価値観を平気で人生に持ち込むことは、愚か者のすることです。対処しにくいシチュエーションを勝ち負けになぞらえて、単純化しているだけです。それでなくとも言葉は欠けたものなんです。でも、よりによってそこまで捨ててしまうことはない。これはほぼ思考放棄ですからね。勝敗というのは、本当に実のない価値判断なんです。

勝った、負けたなんていう言葉を簡単に使わないようにしましょう。

これは、確かに言葉の問題です。だから勝ち負けも単純で建設的な言い方として受けとめれば、それでいいじゃないかという人もいるでしょう。

でも、何遍でも言いますが、言葉は危ないものなんです。リスキーなんですよ。だからそういうふうに言ってしまったら、そうなっちゃうのです。自分に負けたなんて言っちゃったら、もうおしまいなんです。

言霊は、心以外には効きませんが——心にだけは効くんですよ。

スポーツも勉強も勝ち負けではない

スポーツ競技だと「勝たなければダメだ、意味がない」なんて言います。競技の場合はルールが決められたゲームなんですから、勝ち負けがあるのは当たり前ですね。

でも、「勝たなきゃダメだ、意味がない」となると、どうなんでしょうか。

来年、東京で立派な運動会をやるでしょう（笑）。金メッキの円いものをもらえるやつですね。

金を取らなきゃダメだ、銀や銅じゃいかん、金が何個取れました、いろんな人がそんなことばかり言いますよね。国のため、己のため、人生を賭けて、なんて戦時中の国威発揚ポスターみたいなことまで平気で言うんですよね。いやあ、そんなことはないでしょう。たしか、参加することに意義があるんじゃなかったでしたっけ。

スポーツの日本語訳は「余暇運動」です。暇な時にやる運動のことなんです。決して健全な体を育むためにあるものではないんです。そりゃ体育です。暇な時にやるんです。体育で習うから体の育成に役に立つんだと思っている人が多いかもしれませんけれども、その人の年齢や性別、体格等に合わせ、適切な成育を促すような運動をさせるというのであれば、別に競技をさせる必要はないですね。その辺でストレッチでもさせておけばいいんですから。サッカーだの野球だのやる必要はないのです。あれは楽しいからやるものなんです。

スポーツは、楽しむものなんです。スポーツのルールは厳密に決まっています。実際にタイムを競ったり、技をかけ合ったり、点を取り合ったりするので見逃されがちですが、勝敗はルールという概念なくしては成り立たないものなんですから、競技におけるたたかいは、きわめて抽象的な基準に支配されるものなんです。

つまり遊びと同じです。

とはいうものの、「なら順位つけないでいいじゃん、参加することに意義があるならメダル要らないじゃん」というのも、それはそれで間違いですね。幼稚園児のお遊戯とは違います。難度が高いからこそチャレンジのし甲斐もあるんだし、レベルが高いからこそ参加する意義も出るわけで。だからこそルールが大事になるんです。

「遊びと同じ」というのは、ゆるいとか適当とかいう意味じゃないですから。ルール無用で、相手が死ぬまで技をかけ続けるとか、相手が憎いから殲滅するとか、一番にゴールしないと殺されるとか、そういうものじゃないということです。

いや、だから真剣にやらなくていいなんてことは言ってないんですよ。どんなゲームも真剣にやらなきゃ面白くないんです。ズルもいかんでしょう。真面目に真剣に取り組んでこそ、ゲームの遊技性は担保されるんです。

走ること自体が面白い、速く走るために練習するのが楽しい、でもそれぞれ好き勝手してるだけだと面白みに欠けるから、順番つけてみました、みんな一所懸命に走ったからああ、面白かったね。これが本来のスポーツです。競技を面白くするために勝ち負けというルールはつくられたんです。

だから、面白がるならいいんです。悔しがるのもいいでしょう。それも楽しみのうちですから。でも、勝たなければ意味がないなどと言い出したら、それはおかしいということです。それ、二人に一人は面白くなくなっちゃうでしょう。どっちかは必ず負けるんですよ。ウィナーだけが楽しいのなら、十人で駆けっこしたら九人が面白くないんです。一番の人以外面白くないゲームなんて、そんなもの誰もしませんよ。必要以上に勝敗に拘泥する理由なんて、一つもないです。

一番になれなくて、二番は認められないって、じゃあ、それより下の人はどうなるんですか。悔しい気持ちはわかるけれども、そこは喜びましょうよ。参加した人全員がニコニコできなければ、あんな大きな運動会をやる意味ないですよ。勝敗というのは、高次に単純化されたルールの中でだけ効力を発揮するものであり、それは「楽しくするために」用意された装置でしかない——ということです。勝敗を定めるルールが決まっているからこそ、楽しいんです。なら楽しめなきゃうそですね。

勝っても負けても楽しくないのは戦争くらいですよ。

戦争だってルールはあるんですけど、大義名分に糊塗されて見えにくくなってます。いや、わざとそうしてるんですね。

お約束でやっていますというところが明らかになってしまうと、戦意を喪失しちゃうからでしょうね。何が何でも戦争するんだ、選択肢はないんだというところまで追い込まれないと、殺し合いなんかしませんからね。だから、精神論やなんかを振りかざさなくちゃいけなくなるんですね。「この国を護《まも》るため最後の一人になるまで戦うのだ、国民一丸となって敵を一人でも倒せ、勝機は我にアリ」って、その段階で負けてますからね。最後の一人になったらもう護る国ないですし。戦争なんてものは、始めた段階で両方負けですよ。戦争をしないようにするのが本当の国防です。

先ほど言いましたよね。絶対に負けたくないなら勝負しないことだと。

精神論って、おおむね言葉でしかないんです。まあ、精神は目に見えませんし、言葉にしないとわかりませんからね。言葉なんです。

だから、危険なんですね。

幕府を倒した官軍も、官軍に倒された幕府も、どちらも朱子学を精神的支柱としていました。聖書の解釈違いで宗派が分かれ、大きなたたかいが起きたこともありました。バイブルに書かれている文言は同じはずなのに——です。同じ意見なのに言い方や聞き方が悪くてけんかしてる人と、そう変わりはありませんね。

問題なのはそれで大勢が命を落としているということで。

本来、潔いはずの武士道を看板にかかげているにもかかわらず、未練たらたらに負けを認めず、無駄で無謀な抵抗を続けて多大な戦死者を出してしまった――なんて過去もありました。ものは言いよう、話は聞きよう、同じ理屈にもとづいていても、白は簡単に黒になってしまうんです。曲解なんかいくらでもできるし、それを信じさせることも簡単です。言霊は、人にだけは効くんです。

まあ、それはしかたがないことなんですが。ただ、一つだけ、どんな解釈をしてもいいんだけれど、人命を軽んじるような結論だけはあってはならないんだろうと、僕は思います。

いたずらに勝ち負けという概念をルールの外に敷延《ふえん》することは、そうした危ない考え方を呼び込む要因となるように思います。スポーツはけんかじゃないし、まして戦争でもないんですよ。日本のスポーツはいつからか、古き、悪《あ》しき武士道のようなものを範とした精神論に汚染され、妙なものにすり変わってしまっている気がします。

そんなものに惑わされてはいけません。世の中は、もっと楽しむべきものです。スポーツも勉強も、本来的にもっと楽しくなるはずのものなんです。

世の中にいいことなんてない　でも面白がろうと思えば面白い

いや、勉強って楽しいんですよ。だって、いろんなことをおぼえられるんですからね。賢くなるんですよ。楽しいでしょう。楽しいはずなんですよ。

学校はつらいところ、厳しいところ、嫌で面倒——本当はそんなはずないんです。思い出しましょう。小学校や中学校。国語にも算数にも理科にも社会にも、何の罪もないですよ。文字や数字の使い方だとか、計算の仕方だとか、社会の仕組みだとか、自然科学のあり方だとか、今しゃべっているような言葉の使い方だとか、そういうことを、義務教育は給食費ぐらいで懇切丁寧《こんせつていねい》に教えてくれるんですよ。

これ、楽しくないわけないですよ。だって、賢くなるんですもの。

でも、楽しくなかったでしょう（笑）。何で楽しくなかったんでしょう。そういうすばらしい知識を身につけていく過程って、本来的には快感であるはずですね。なのにニコニコしていると、ふざけるなと言われる。だからですね。

「学校は遊びに来るところじゃない」とか言われませんでしたか。まあ、学校は遊びに来るところじゃないんですけど。でも、楽しかったら笑ったっていいじゃないですか。勉強するのが楽しいのだったら、授業中、ニコニコしているべきじゃないですか。何でニコニコしているやつを、「おまえ、ふざけている」とか言うんですか。

それもまた、妙な精神論に汚染されているからですね。

近代化にかこつけて、朱子学、というより儒学かな。それをベースにした、一部の人たちに都合のいい精神論がつくられ、それが広められました。どんなに懸命にやっていても、ヘラヘラしているやつはダメだ、ふざけてる、真面目にやる時は怖い顔をしろ、眉間《みけん》にしわを寄せてキツそうなポーズを取ってるほうが正しい、つらいほうがエラいという。それ、まあ戦争させる時なんかは都合が好いんですが、そうでない時もそういう風潮が定着しちゃったという、それだけでしょうね。

そんなふうに育ってるから教えるほうも、そういうふうに教えなきゃいけないと思い込んじゃってる。学校の先生の授業はあまり面白くなかったんじゃないですか。

面白く教えようと思ってないですからね。でも、本当は普通に教えるだけで面白いんです。わざと面白くないようにプレゼンテーションしているんですよ。

それで当たり前だと思い込んでますからね。別にふざけろとは言ってません。深刻になることはない、と言ってるだけ。

ホント、学校の勉強は、本来楽しいはずのものなんですけどね。

一時期、詰め込み主義なんて時期がありました。何でもかんでも勉強しろ、全部おぼえろという時代ですね。その後、詰め込み教育はイカンということになった。いや、いいじゃないですかね、詰め込めるんなら。いっぱいもらって何が悪いんですか。そして、ゆとりの時代がやってきました。するとゆとり世代はダメだなんて言うんです。いいじゃないですか、余裕があるんだから。ものを知らないって、教えてないからですよ。あいた部分に好きなものを入れられますよ。何も問題ないですよ。

どっちもそんなに変わらないですね。人間の頭の構造なんてそんなに変わりませんから、覚えられることは限界があるかもしれませんけれども、何をどうやって入れるかという問題で。ゆとり教育はダメだとか、詰め込み教育はダメだとか、じゃ、どうすりゃいいんだよという話なんですが、どっちも問題ないんですよ。問題なのはむしろ、どちらも面白くなかったということで。

この世界は、実は面白いものなんです。しかも、学生時代が一番面白いですね。

つらい学生時代を送ることが正しいと思い込まされて、暗い学校生活を送り、いい大学に行って、いい会社に入ったら、きっとすばらしい人生が待っているのだよと教え込まれた人たちは、みんな社会に出てから地獄のような日々を味わっているんです。世の中には、いいことなんか何にもないですよ。地獄ですね。

でも、面白いんです。地獄だって面白がれれば面白いんです。

確かにつらいですよ。僕もいろんな仕事をしてきました。好き嫌いはないです。つらかったですが、だいたい面白がれました。小説家が一番つまらない（笑）。小説って書いているほうは面白くないんですよ。ずっとキーを打っているだけで、バカみたいですよ。でも、それでも面白がろうと思えば面白がれるはずです。今日はちょっと打ち方を変えてみようとか、逆さまに下から書いてみようかとか、何かやれば面白いですよ。面白がることはできるんです。つらいから面白くないということはありません。でも、そんな余裕もないほど働かされるから、やっぱりイヤかな（笑）。

私の師匠《ししょう》は、この間亡くなった水木《みずき》しげるという大漫画家です。冒険家でお化けの専門家で、子どもの頃に地獄と極楽の絵を見てカルチャーショックをガンと受けたせいで、道を踏み外された偉人です（笑）。

極楽図というのは、仏様がポヤポヤと蓮《はす》の上に浮いていて、天人がピーヒャラ笛を吹いているような絵です。地獄のほうは、皆さんご存じのとおり、怖い顔をした閻魔《えんま》様がいて、鬼がみんなを煮たり焼いたりつねったりひっかいたり踏んだり切ったりしています。ひどいです。R18です。それなのに四～五年前、地獄を描いた絵本がヒットしたんですね。地獄は、まず絵が面白いんです。鬼がいろいろな残虐行為を働いているだけですが。体罰はいけないと言いながら、地獄はいいというのはよくわからないですけどね。あれも体罰のうちだと思いますけど、非常にダイナミックで、しかも各場面いろいろ工夫がされていて、大変面白い。一方、極楽はつまらない。お寺なんかにたまにそれっぽい絵本が置いてありますが、お釈迦様や高僧が偉くなるまでの苦労パートなんかは面白いんだけど、極楽パートはちっとも面白くないですよ。極楽よりも、地獄のほうが面白いんです。

この世の中は地獄です。その地獄を楽しむために、非常にリスキーな大発明、言葉を利用してみましょうというお話を、三十分後にします。ちょうど時間なので、一旦ここで休憩です。どうもありがとうございました。（拍手）

第2部
地獄を楽しむために

「ら抜き言葉」は間違いか

第1部でお話ししたことを踏まえて、第2部ではもうちょっと具体的なお話をしていければと思います。

私たちは普段、結構適当に言葉を使っていますね。実はかなりセンシティブに使わなければいけないものなんですが、それでもあんまり考えずに使ってます。通じればいいじゃん、みたいなところがある。一方で、言葉は厳密に使いましょう、文法も言葉の意味も、正確にしなきゃダメですよという人もいます。

言葉は生きものだ、なんぞと言います。実際言葉というのは変わっていくものです。その時、その時代によって意味も、指し示す対象の領域も変わっていきます。ですから本義と違ってしまっていても、必ずしも間違いということはありません。標準語とされるものや、文法でさえ明治以降に整えられたものです。日本語は柔軟な構造ですから、これから変わっていく可能性もないわけではありません。

たとえば、「ら抜き言葉」がありますね。

「見れる」とか、「食べれる」とか、日常会話では平然と使われています。一方でこれを非常に気にする方も多くいらっしゃいます。会話で使う分にはよくても、文章にした場合、あまり印象が良くないことは確かです。カッコ悪い。

今、しゃべる言葉と書く言葉の差はほとんどないですね。皆さんは、誰かに語りかけるように文章を書いているのではないでしょうか。でも昔は、話し言葉と書き言葉は違うものだったと、先ほど言いました。話すように書くことをはじめたのは小説家です。当時、講談という口承文芸が大人気でした。講談社の講談ですね。その講談を聞きたくても聞きに行けない人たちのために、講演を文章に起こした講談筆記本というのができて、これがそこそこ新しくてイイ感じだった（笑）。そこで小説も何とかしようと、まあ試行錯誤がくりかえされて、これがけっこう大変だったんですね。当時の作品には珍妙な感じのものも多いんですが、こうなるとちゃんと文法も整えなくっちゃということになって、こちらは学者が頭を捻った。こうして、明治の人たちの研鑽《けんさん》の末に、今の書き言葉、文法はできあがったわけです。

その文法のセオリーにのっとるならば、「ら抜き言葉」は間違いです。「最近の若者はらを抜いてけしからん」なんぞと言われるわけで。でも。

実はさかのぼってよく調べてみると、どうやら明治時代、既に「ら抜き言葉」は使われていたようなんですね。口語としては「最近の」どころか、むしろ古いことになる。これは、一概に間違いだと騒ぎ立てるのはどうなのかと考えさせられます。

「新しい」という言葉がありますね。これは漢字一文字だと「新《あらた》」と読みます。もともと「新《あら》しい」だったらしいですね。これは言いにくい。こうした発音しにくいものは自然に矯正《きょうせい》されます。「あたらしい」のほうがはるかに言いやすい。その程度の理由で、「あたらしい」になっちゃったんですね。

「あれ、もう爆笑」とか言いますね。でも「爆笑」は「大勢が一度に笑う」という意味だったんです。本当は一人で「爆笑」はできないんですね。ただ、「爆」という文字から「まるで爆弾が破裂するように笑う」という印象が持たれたんでしょう。慣用的に使われているので、今は一人で「爆笑」もできるんでしょうが、厳密には、今でもまだ「爆笑」は「大勢が笑う」という意味です。

「憮然《ぶぜん》とする」という言葉がありますね。よく使われます。「むっとする」というような意味で受け取っていませんか。「憮然とする」というのは、「がっかりする、しょんぼりする」という意味です。こちらは「ブ」という音が影響したのでしょうか。

これ、勘違いしている人が結構多いと思われます。ただ、本来の意味で使われていても、間違った意味で使われていても、どちらであっても大筋に変わりはないんですね（笑）。だから誰も気にしないという。「その話を聞いて、彼は憮然とした」と書いてあったとしてですね、むっとしたんだって、しょんぼりしたんだって、そんなに大勢に影響はないわけです。憮然というのがどちらの状態だったにしろ、犯人が変わってしまうようなこともなければ、恋の結末が変わっちゃうこともそんなに考えられませんから、見過ごされてしまうんでしょうね。というか、どっちかわからないの。ただ、まれに「これ明らかに間違って使っているなあ」というケースもあります。注意して読んでみましょう。僕も若い頃はあんまり気にしていなかったので、初期の作品では間違った形で使っているケースもあります。あえて直していませんが。

このように、言葉はわりと自由に変わります。発音しにくいとか、文字がそんな感じだとか、音があんな感じだとか、その程度のことで変わる。間違って使われても平気なものまであるんですね。ただし気をつけなければいけないのは、本来の意味で受け取る人も、そうでない人もいる、ということですね。読む人聞く人によって、大きく受け取られ方が違ってしまうのです。

「ばか」という言葉がありますね。使い道はいろいろあります。罵倒《ばとう》したり、見下げたり、呆れたり、「釣りバカ」もあれば、甘えた「ばか〜ん」もある（笑）。

でも、文字で記してしまうと、どうでしょう。表音文字しかない文化圏では、ぜんぶ同じになっちゃいます。ローマ字なら「ＢＡＫＡ」に一本化されちゃう。これは困りますよね。

日本語の場合はまだ選択の余地があって、ひらがなの「ばか」、カタカナの「バカ」、漢字の「馬鹿」と「莫迦」、だいたいこの四通りになると思います。漢字表記はどちらもたぶん当て字です。馬と鹿を間違えたから馬鹿なんだとか。「莫迦」はサンスクリットの漢字表記の一つで、お坊さんの隠語だったとか。諸説ありますが、わかりません。まあ、どの形で書いても「ばか」は「ばか」なんですけどね。

小説に書く場合は苦労しますね。もっとも一般的なのが「馬鹿」なのかもしれませんが、「馬鹿」と書いた場合、前半でも言ったように、馬のイメージと鹿のイメージがどうしてもついて回ることになる。「莫迦」の場合は、仏教臭というか、インド臭い感じがいなめないので（笑）、子どものけんかや甘いささやきには合わないでしょう。じゃあひらがなやカタカナならいいのかというと、そうでもない。

だから、「ばーか」とか、「ばかっ！」とか、「ばか〜〜」とか、書き分けをするんだけれども、通じない人には通じません。だいたい前後の文脈で読み解けるようにも思うんですが、できない人もいるんです。「女は甘えるような声でばか、と言って男にもたれかかった」という文を読んで、「何だってこんなシーンで男を罵倒するんだこの女」なんていう人もいる。「馬鹿」は、それはもうたくさんのイメージを引き込んでくれるんですね。一方「馬鹿」の反対、「利口」のほうはイメージが乏しい。そもそも使い道が少ない。画数が少ないし、「利口」の二文字からは利息と口座くらいしかイメージできないので、銀行が思い浮ぶ程度。「利口」の誤解は少ないかも。

「正義」の対義語は「悪」？

僕は二十五年近くもこの仕事をしているもので、人前で話せと言われることもけっこうあるんですけれども、講演会のほぼ九十八パーセントはお化けの話を希望されるんですね。

ミステリー小説家としてデビューしたんだと思っていたんですが、ミステリーに関する講演会はこの二十五年の間に二回しかなかったんです（笑）。残りはほとんど妖怪か、怪談か、民俗学か、そんな話ばかりしろと言われてしまうわけです。

その「妖怪」という言葉も、時代によって受け取られ方がずいぶん違っているんです。今私たちが知っている「妖怪」の文脈で、昔の文献に出てくる「妖怪」という言葉を読み解いてしまっては、大きな齟齬《そご》が生まれます。ですから、過去の文献は、その時代にどう受け取られていたのかというのをきちんと踏まえて読み解かなければいけないんです。

日常会話に使う分には通じるからいいんでしょうが、中には全然違う受け取り方をされていることがあるので、充分に注意が必要です。

最初に中国の人の取材を受けた時、何だか話が嚙み合わないなあと思ったら、「妖怪」という言葉が指し示す対象が微妙に違ってたんですね。どうも、中国語の「妖怪」はオカルトに近い意味合いで使われるようです。日本でいうと、明治後半くらいあたりの使われ方に近い。台湾で講演をした時も、なぜかＵＦＯについての質問がありました。未確認なんだからわからないでしょと言いましたが（笑）。

普通に話していてもおおむね言葉は通じないもんですが、通じても誤解されている可能性は常にあると、第1部で言いました。ですから誤解を招きかねない言葉を使う場合はきちんと注釈をつけなければいけないし、違う文脈で読み取られないよう、工夫が必要です。そうしたことができない場面では極力使うのを避けるのが賢明です。

昔と違って、今はどんな発言も記録されるし、拡散されてしまうし、のみならず切り取られ編集されてしまうんです。十年前の数十倍、数百倍の慎重さと配慮が求められるんですね。公的発言の場合、それはさらに強く求められるでしょう。コンプライアンス重視とか、ポリティカル・コレクトネスとかいう以前の問題です。それができてないから、失言、炎上ということになるわけで。後から取り消したって謝罪したって遅いんですね。そういう意味では厄介な時代だということにもなりますが、言葉というのはもともとそういうものなんですから、この時代にそうした立場に立つのであれば、そのくらいの覚悟は持つべきでしょうし、それ以前にその程度の配慮はあって当然ですね。原稿を読み間違うとか、漢字が読めないとか、その程度はご愛嬌なんでしょうが、失言、暴言が連発されちゃうようなことがあると閉口してしまいます。

言葉をナメている、あるいは言葉をぜんぜん知らないとしか思えない。

そう、言葉を選ぶにしても、言い換えるにしても、効果的に使おうとするなら、たくさんの言葉を知っているにこしたことはないんですね。同時に、考えなしに使っている言葉も本当に通じているのか、よく考えてみたほうがいいかもしれません。

「正義」。いい言葉ですね。熱血マンガにも正義の人たちはいっぱい出てきます。特撮ヒーローはだいたい正義の味方です。対する敵はだいたい「悪」ですね。別に不思議も不都合もありません。

でも「悪」の対義語というなら「善」ではないですか。

それでは「正義」は「善」という意味なんでしょうか。そうではありません。「正義」は「正しい」「義」ですね。「義」とは何なのか知っていなければ、本当は使えない言葉ですよね。「この世に正義なんかねえよ」と、格好つけている場合じゃないんです。その正義って何だと聞いて、ちゃんと答えられる人はあまりいません。

最近の人は滝沢馬琴《たきざわばきん》なんか読まないんでしょうが、『南総里見八犬伝《なんそうさとみはっけんでん》』という読本《よみほん》がありまして、不思議な珠《たま》を持つ八人の剣士が登場するんですが、各々《おのおの》が持つ珠に浮き上がる文字が仁義礼智忠信孝悌《じんぎれいちちゅうしんこうてい》の尊い八文字。「義」は「孝」や「忠」、「礼」などとともに、儒学的思想の根幹をなす考え方の一つなんですね。

「義」について話し出すと、きりがありません。儒学の中でも解釈には幅がありますし、日本での理解はまた違うようです。ただ武家社会においては極めて重要な思想としてとらえられていました。どうであれ、この「義」を正しく行うことが「正義」です。つまり「義」が定義されていない限り「正義」は何の意味も持たない言葉なんです。当然、「正義」の反対語は「不義」です。義にあらず、という意味ですね。「正義の味方」は「正義」そのものではなくて、「正しく義を行う者の味方」なんです。まあだいたい彼らは暴力的だし、善人というわけでもないですからね。

では「悪」はどうか。こっちは基本、「良くない」感じですよね。「ワルい」ですからね。ただ、「はなはだしい」とか、「ものすごい」という意味もあったんです。邪悪となると「よこしま」が付くのでわかりやすいですが、「悪」一文字だけでは、必ずしも「不義」を指し示すということにはならないでしょう。

「正義」に対して「悪」という構図は、誰も不思議に思いませんが、対《つい》にして理解してしまっていいものなのでしょうか。「正義」って何なのでしょう。もしかしたら漠然と「良い悪い」で切り分けるための、使い勝手の良い便利な道具になっていないでしょうか。

「神」という言葉があらわすものは

「神」に対する「悪魔」、これはどうでしょう。

キリスト教における悪魔は「神の対立者」ですから、間違ってはいません。でも、キリスト教は一神教ですから、神は絶対、唯一無二。対立者といえども神と対等の立場ではないんです。と――いうか悪魔もまた神がつくり給うたものだと考えるべきなんですね。そうすると悪魔も神の一部ということになってしまいますし、それだと神の対抗者としてふさわしくない。弱っちいし。悪魔の力が強くなきゃ神の権威も高まらない。そういうややこしい役割を持ってつくられたのが悪魔です。やがて他の宗教の神様も悪魔に取り立てられたりしたわけですが。でも「悪魔のようなやつだ」と言った時、それは「キリスト教における神の対立者のようなやつだ」という意味では決してないですね。宗派をこえた「絶対悪」が想定されています。

最近は異世界物がはやっていますから、「悪魔」や、「妖精」という言葉なんかを目にする機会も多いですが、どうでしょう。

かわいいものの比喩として、「妖精みたい」と言いますね。皆さんが生まれる前のオリンピックにコマネチという体操の選手が出場していまして、「白い妖精」なんて呼ばれました。かわいかったんでしょうね。でも、現状「妖精」と「妖怪」にあんまり違いはありません。「妖精」として訳されるものの八割方は、まったくかわいくない（笑）。ゴブリンだのトロールだのも、今の基準なら怪物や妖怪ですね。フェアリーなんかはかわいげですが、全部そうだということもない。これ、要するに和訳の問題なんです。そういうものをひとまとめに妖精と訳しちゃっただけですね。

悪魔の対立者である「神」だってそうです。「神」という言葉が一体何を指しているのか、わかっている人はいるのでしょうか。よく「神対応」なんてことを言いますが、逆は「塩対応」だったりします。じゃあ「神」の対語は「塩」ですか（笑）。そんなことに「神」なんていう言葉を使ってはいけないと敬虔《けいけん》なキリスト教徒の方は怒るかもしれませんが――でも「神」はキリスト教の神だけを差す言葉じゃないですね。

日本には、ご存じのとおり、「八百万《やおよろず》の神」がいます。よく知られているのは『古事記』『日本書紀』に出てくる神様ですが、記紀神話に出てくる神様だけが日本の神様ではありません。

日本の神様はもっと土着的なものですね。森羅万象《しんらばんしょう》に神が宿る、アニミズム的な信仰が根幹にあって、その上に記紀神話の神様が乗っかってできているんです。

ところが、キリスト教の神様はたった一柱です。ですから区別する必要がない。記紀神話の神様や仏教の仏様のように、名前が要らないんですね。一応、Jehovahと書きますし、カタカナでヤハウェとかエホバとか書いたりもしますが、キリスト教やユダヤ教では唯一神の名前は呼んではいけない決まりです。だから本当は読めないんですね。で、名前ではなくて属性でいうなら、ゴッドでしょうか。でも、それに対応する言葉は日本にない。さあ、何を当てはめようかと明治時代の人が頭を捻ったわけです。「天主様」はじめ、いろいろな訳が考えられましたが定着せず、結果的に、というか、なしくずし的に「神」が採用されたというだけのことです。

キリスト教の神様と日本の神様は全く相容れぬものです。多神教と一神教の神を同じ「神」としてしまっていいのかという問題は、いまだに解決していません。でも私たちはそれをみんな「神」という一文字であらわしています。ところが、同じ言葉で言いあらわすことによって、対象が融合してしまうことはままあるんですね。

実際、何だかわからないけど「神」というものが形成されつつある。

日本の神様は、もともと形がありませんでした。神社のご神体は鏡や璧《たま》、そうでなければ石や、山や、海ですね。神像もいくつかありますが、あれは仏像の真似っこです。だから人間の姿をしています。お坊さんの格好をしていたり、あるいはちょっと偉そうな公家《くげ》の格好をしていたりします。人間が神様になっちゃったような場合はそれでもいいように思いますが、本来は違います。

キリスト教の神様にもお姿はありません。名を呼ぶことも許されないくらいですから、見えもしません。偶像崇拝《ぐうぞうすうはい》は許されないのです。はりつけにされているのは神ではなく、神の子イエスです。

いずれも「神」は非常に観念的なものなんですね。ところが、「皆さん、神様の絵を描いてください」と言うとですね、頭に丸い輪を浮かべ、白いダラッとした着物を着て、ひげを生やした品のよさそうな、杖を持ったおじいさんの絵を描く人が圧倒的に多いんですね。そんな神様はこの世にいません。白いひげをはやしたおじいさんが神様だったためしはない。どこの神なんだ（笑）。中国の神仙や、ギリシャ神話の神々なんかには、ひげを生やしているお方も多くいます。ゼウスなんかは結構長いひげが生えていますから、そうしたもののイメージも当然あるんでしょうが。

でも、それらはまるで違うものです。ただ、「神」という一文字でカテゴライズしてしまったがゆえに、それらが統一され、最大公約数的なイメージまで形成されてしまったんです。怖いですね。深い信仰を持っている方にしてみれば冒瀆《ぼうとく》ものです。でも、こういうこともあるんです。言葉のほうが指し示す対象を変質させるんです。

「愛」という便利で危険な言葉

大した根拠もなく印象のみで使われがちな言葉は多くあります。今の「神」なんかがいい例ですね。今回、主催者側から参加される皆さんに対し、事前に「危ないと考える言葉は何ですか」という質問があったかと思います。まあ、言葉は全部危ないんですけどね。

「愛」という言葉があります。いい言葉ですね。何かにつけ、愛が足りないとか、愛がないからだとか言いますね。愛があればだいたい解決すると思われている。しかも愛は年に一遍は地球を救ってくれる（笑）。

今この日本で「愛」を悪い意味で使う人はいません。「愛」はほぼ100パーセントいい言葉として使われています。それ、本当にいいのでしょうか。

「愛」という漢字は三つのパートに分かれます。まず、真ん中に「心」がありますね。下にあるのは足です。上のほうにチョンチョンチョンと冠みたいなのがある。あれは「立ちどまって振り返る」という象形文字なんです。わかりますか。

「愛」は、仏教で言うなら「執着」です。夫婦愛は伴侶《はんりょ》に対して執着を持つこと。家族愛は家族に執着を持つこと。愛国心は国に執着を持つこと。仏教においては、これら執着は全て捨て去るべきものと説かれます。「あなたが好きです」は、「あなたに執着しています」という意味です。これ、気持ち悪いでしょう。ほぼストーカーですね。言い換えると、決していい言葉ではなくなる。

でも、よく考えてみてください。自分の好きな人や家族に執着を持つのは、至極《しごく》当然のことなんです。だって、家族は大事でしょう。いや、中には、家族が嫌だという人もいるかもしれませんし、俗に言う毒親に困っている人もいるかもしれない。あるいは兄弟仲が著しく悪い人もいるかもしれないんですが、それは同じことです。愛憎はともに執着のうちですからね。それに、これは血縁の問題でもありません。

一緒に住んでいる人、あるいは一緒にいる仲間、友達、ペット、そうしたものに執着を持つのは当たり前のことです。「愛」という言葉でごまかされてしまっているけれど、それは執着なんです。美しく言い換えているんですね。

「愛」という言葉を使うと、おおむねごまかせるんです。非常に便利です。

では、それをふまえて、「愛は地球を救う」というキャッチフレーズを考えてみましょう。考えナシだと非常にわかりやすいんですが、考えてみましょう。

まず、なぜ地球は救われなければならないのか。地球の資源は限られています。森林伐採《ばっさい》や資源の採掘などで地球はどんどん痩《や》せ細っていく。しかも、環境汚染も著しいですね。地球はむしばまれ、瀕死《ひんし》です。でもこれ、全部人間の仕業ですね。人が生きて行くために地球を壊しているんです。本当に地球を救おうとするなら、それをやめればいいんです。地球に「執着」するというのであれば、人間を滅ぼせということになっちゃいますね。ま、人間も地球の一部ではあるんだけども。

そうじゃないんですね。「地球を愛する」じゃなくて、「愛は地球を救う」ですからね。「執着」が地球を救うということになりますね。いや、執着なんかが地球を救うわけないじゃないか（笑）。

それではこの「愛」は何に対する「愛」なんでしょう。「愛は地球を救う」というキャッチフレーズのもとに行われる一連のイベントは、非常にヒューマニズムあふれる、人間に対する「愛」に満ちあふれたものばかりです。

そう、愛しているのは地球ではなく、自分たちなんです。公平性を保つため、地球上にすむ人間全部という意味で「地球」としたんですね。身も蓋《ふた》もない言い方をするなら、あれは人類が生き延びるために、もしくは豊かな生活をするために、地球の資源を一日でも、一分でも、一秒でもいいから長もちさせよう、親のすねをかじり続けるために親を延命しようキャンペーンということになってしまいます。

でも、「愛」という言葉を使うことで、実にクリーンで崇高なものに感じられてしまうんですね。これ、言葉のマジックです。「愛」は危ないですね。

最初に言いましたが、自分の気持ちを言葉に置きかえると、その言葉があらわすもの以外のものが全部捨てられてしまいます。そしてその言葉が持つ他の要素を囲い込むことになる。「愛」という言葉を使うと、その段階ですべてが「愛」に変換されてしまうんです。「愛」は雰囲気使いのできる、便利で、しかも良い響きの言葉ですから、使い勝手がとてもいい。汎用性がある。でも、それでいいんでしょうか。

日本語には言葉がたくさんあります。たとえば「慈《いつく》しむ」、「情けをかける」、「かわいがる」、「大事にする」、「好き」、いくらでも言葉があります。「愛」なんか使わなくたっていい。言葉を選びましょう。「愛」で済ませることをやめましょう。「私はあなたを愛しています」というのは、ステディな相手にだけ言えばいいんです。世界に向けて声高らかに愛を叫んでいいのは、小説かアニメの中だけです。物理学的には宇宙の中心はどこにあったって構わないらしいので、どこにいたってあなたが世界の中心なんですから。愛は叫ぶものではなくて、ささやくものです。

昨今は、悪霊やクリーチャーでさえ、愛を持って接すれば何とかなると思っている不心得者までいるんですね。悪霊に愛を説いたって成仏するわけないでしょう。相手は執着のカタマリなんです。ちなみに、般若心経《はんにゃしんぎょう》だって、悟った立派な人は偉いねみたいなことを言っているだけなんですから（笑）、そんなものをぶつぶつとなえてもお化けが去る理屈はないです。ましてや愛なんて通じるわけがないんですね。

「愛」のような言葉のせいで、多くの日本語が死滅しかけているんです。ほかの言葉に言い換えてみましょう。違う言葉のほうが伝わるかもしれないし、そのほうがより自分の気持ちに近いかもしれないじゃないですか。

語彙《ごい》の数だけ世界がつくれる

たとえば「絆《きずな》」。フン(笑)。鼻で笑ってしまいました、すいません。絆、大事ですね。絆があればだいたい乗り切れますね。「絆」は、もともとは牛や馬をつないでおく綱《つな》のことですよ。犬が逃げないようにつけているリードです。「絆」は、足かせでしかないんです。今はいい意味で使われることが多いですが、いい意味でない使い方だってあったんです。何でも「絆」で済ませるのも危ないと思います。

それから、「夢」。「夢」はさすがにいい言葉だと思うでしょう。「夢は大きく」、「夢を捨てるな」、「夢を諦めちゃいけない」と、みんな言うじゃないですか。

でも夢は絶対にかないません(笑)。かなった途端に、夢は夢でなくなっちゃうんです。そこを忘れていませんか。「宝くじに当たって、すてきな彼氏ができました。夢みたい」、夢「みたい」です。「みたい」なんだから夢じゃないですね。現実です。かなう夢は全部夢じゃないんです。努力してかなうなら、それは「目標」です。運良く転がり込んでくるようなムシのいい幸運を望んでいるなら、それは「妄想」ね。

夢は、寝ている時に見ればいいんです。「夢」という字は、「くらい」とも読むのです。夢の真ん中の部分は「目」です。上は「草」で、下は「月」。薄暗くてよく見えない夜に見るのが夢です。

手の届く目標をかかげ、それを達成していくのはすばらしいことです。その目標をして「夢」としてしまうことは、夢の矮小化《わいしょうか》にほかなりません。それ、達成した段階で行き止まりですよ。「夢がかなった」って、じゃあ、もう後がないでしょう。夢を持つなら、絶対かなわない夢を持つべきです。そうでなくてはやってられません。

次々と夢がかなったら、あなたたちは次々と夢を失うことになるんですよ。世界平和とか宇宙征服とか、まずかなわないくらいの夢を持って、それを夜に見ていればいいんです。現実に持たなければいけないのは、きちんと達成できる目標です。それを夢だ、希望だみたいなことで美化してしまうのは、非常に危ないと思います。

「愛」と「夢」と「絆」ででき上がっている人生ってどうですか。執着と薄暗がりにつながれた人生ですよ(笑)。この手の言葉は、具体的な対象を持たないうえにイメージが先行するので、目眩《めくらま》しには最適です。たった一文字、「愛」という字だけで、どれだけ多くの日本語がくらまされてしまったか。

また、それを使わないで表現しようと努力することによって、どれだけの語彙《ごい》が培われることか。言い換えてみましょう。そうした包括的によさげな言葉、何でもかんでものみ込んでしまってよく見せかけるような、耳に聞こえのいい言葉は疑いましょう。聞く時に疑うだけでなく、使う時にも疑いましょう。安易に「愛」だの「夢」だの使わないで、ほかの言葉を探してみましょう。言い換える言葉がなかったら探してみましょう。辞書には何万語、何十万語という言葉が載っています。それを手に入れることは、自分の人生を豊かにすることです。語彙は、その数だけ世界をつくってくれるんです。たくさんの言葉を知って、その言葉を使いこなすことが、どれだけ豊かな人生をつくってくれるか、それははかり知れないことでしょう。

人生でいちばん大切なのは「整理整頓《せいとん》」

お医者さんに症状を伝える時、ただ「おなか痛い」じゃわかりませんね。どの部位がいつからどのように痛むのか、ちゃんと伝われば適切で早い処置が望めます。

同じことです。語彙を増やせば、その組み合わせによって、どんどん通じやすくなるでしょうし、表現も、見聞きする世界も広がっていきます。

でも、ただたくさん知っていればいいというものではありません。

整理整頓《せいとん》が大事ですね。人生でいちばん大切なのは、「整理整頓」です。「何言ってるんだ、こいつ」、と思っているでしょうが、でも、これは大事なことなんです。

部屋が汚い人、いますね。片づけられない人。机の引き出しの中がぐちゃぐちゃの人。デスクトップにどうでもいいアイコンが乱立している人。クローゼットをあけると、丸めた服がいっぱい入っている人。それはダメだという話ではありません。

それでいいんです。それで困らないなら整理はできている、ということです。どこに何があるかわかっているなら、それはその人なりの整理です。「私、整理できない女なの」とか、「俺はちょっと整理が苦手だな」とか、そんなことないですよ。それで普通に暮らしているんでしょう。ぐちゃぐちゃの部屋でも、片づけられない人でも、世に言うごみ屋敷のような部屋だって、それで生活できているのなら、生活に必要なものがどこにあるかちゃんとわかっているはずです。なら「整理」はできているんです。そういう人たちができていないのは「整頓」や「清掃」です。

「整理」と「整頓」は違います。整頓だけできていても整理できていない人は結構いるんです。「この部屋、きれいだね。きちっとしてるね」と、感心するほど整然としているのに、どこに何があるかがわからない。いざ使おうとすると探さないと出てこない。無駄に整頓してあるがゆえに出すのが大変だ。経験はありませんか。

整理と整頓はセットであることが好ましいですね。でも優先順位をつけるなら、整理が先です。整理できていれば、整頓できていなくても困りません。整頓していていいのは、見た目だけです。ただ整頓してあったほうが、ものを出し入れしやすい。つまりたくさんの情報にアクセスしやすいわけですね。出した後、もとのところへ戻しておけば元どおりですし。ところが戻さない人が多いんですよ。本棚から出した読みかけの本を途中で忘れて、積ん読だった次の本に手をつけて、両方出しっ放しで、気がついたら新しく買った本で本棚のすき間が埋まっていたというような経験はありませんか。出したら戻しましょうよ。簡単なことです。

それから、整頓しているとお掃除がしやすい。汚部屋になりにくい。清潔です。

整理整頓清掃、この三つがセットであることが好ましいですね。ただ、優先されるべきは整理です。

さっきから整理、整理と言っていますが、そうすると、ものを捨てると思う人がいるんですね。人員整理のように、要らないものを捨てることだと思っている人がいるんです。それは大間違いです。整理することは捨てるということじゃないですよ。「断捨離《だんしゃり》」という言葉があるようですが、これ仏教用語みたいな響きがあるんだけれども、全然違いますね。誰かがつくった造語です。とりあえず捨てちゃえという。捨てるために捨てるものを吟味して、捨てるためのテクニックを駆使して、どんどん捨てる。いや、捨てればいいというのは、思考放棄です。捨てるために頭使うくらいなら、捨てないですむように頭を使うべきです。要らないものは買わなきゃいいんです。そして、買ったものはだいたい要るもんですよ。「必要なものだけどスペースがないからやっぱり断捨離しなきゃ」って、そうじゃないです。工夫すればいいんです。整理整頓さえすればいくらでも収納できるんです。僕が生きた見本です。

僕は六畳間に本をたくさん収納していました。全部広げてみたら体育館いっぱいになるくらいありましたが、僕は生活できていました（笑）。引っ越しする時に、プロの引っ越し屋さんが家に来て、見積もってくれたんです。引っ越し当日、引っ越し屋さんが段ボールに次々に本を詰めていきました。結果的に入りませんでした。

段ボールは九十箱追加され、人員は十一人追加されました（笑）。「どこを探したらこんなに入っているんですか」と呆れられちゃいました。あまりにもかわいそうだったので、「追加料金を払いましょうか」と言ったんですが、「こっちもプロですから見積もり通りで結構」と言われました。いや、プロ意識の高い人は好きです。

整理整頓さえしていれば、物は捨てずに済むんです。というか、捨てるのに考えたりしなくて済む。壊れたり使えなくなったらその時点で捨てますからね。収納できるかどうかもすぐわかるから、入らなきゃ買わないし。必要なものまで捨てることはないんです。必要か不要か悩む頭があるんだったら、収納の工夫をしましょう。要るから買ったんでしょう。欲しいから買ったんですよね。手元に置いておきたいから持っているんです。それをいかにして手元に置いておくかに頭を使うほうが、どれを捨てるか選ぶより全然いいですよね。頭を使えば何とでもなりますよ。というか、断捨離する人って、ほぼ新しくものを買いたい人だったりするんですけどね。

中には考えたりせずに何もかも全部捨てろと言う人までいるんですよね。ものがあると、ものに対する執着が生まれる、執着を断ち切るためにはものを全部捨てればいい、ものがなければ執着も生まれない――って。

まあ、確かに執着は捨てるべきです。愛はないほうがいいです。でも、どうなんでしょう。「身近に何も置かない暮らしはすがすがしくていいです」とか言うわけですが、それって物理的に目の前から消去しなければすがすがしさが手に入らないほどものに執着してる、ということじゃないですか。それ、もののあるなし関係ないです。

同じように、頭の中も整理整頓するべきです。いえ、頭の中こそ整理整頓するべきなんです。整頓はきちんと整えるという意味ですから物理的作業を伴いますが、整理のほうは概念の問題なんですね。部屋が散らかっていてもどこに何があるかきちっとわかっている人は、概念上の整理ができているわけです。頭の中も同じことです。どこに、どんな言葉が、どれだけ入っているか。きちんと自分で把握できてさえいれば、いかようにも使い道がある。けれども、覚えるだけ覚えたって、覚えっ放しで整理も整頓もしなければ、いざという時に言葉は使えません。

友達と会話する時も、メールする時も、小論文を書く時も、先生に謝る時も、先生に反抗する時も、親に文句を言う時も、甘える時も、告白する時も、語彙が多ければ多いだけ便利なんです。相手に伝わりやすいほうがいいに決まってます。炎上するほど誤解されたくないですしね。だから、語彙は多いほうがいいんです。

本の数だけ人生がある

たくさんの言葉を知るにはどうしたらいいでしょう。

別に難しくないです。本を読みましょう。今、皆さんが座っているここは日本でも有数の出版社のビルの中ですから、おべんちゃらを言う必要があります（笑）。でも読書が一番手っ取り早いですかね。面白いし。要するに他人の書いた文章を読むのがいい――ということです。漫画だっていいんですよ。途中でやめたっていいんです。何でも読んでみるということは大事なことです。ただ、同じ傾向のものばかりだと、同じような言葉しか出てこなかったりしますからね。なるべくいろんなものを読んでみましょう。読んでつまらなかったら、やめればいいんです。

ただ、この世に面白くない本なんてないんですよ。言葉を発する人は多くが欠けた情報しか出せないんだけれども、言葉を受け取るほうは、いかようにも解釈できるんだし、過剰にできるんですから。本を読んで面白くないと思ったら、それはその本が悪いのではなく、その本を面白がることができない自分が悪いんだと思いましょう。

出版社へのべんちゃらではなく、これは僕の体験談です。皆さんはまだ十代でしょうから知らないと思いますが、僕がよく例えに出す映画があります。その昔、水野《みずの》晴《はる》郎《お》さんという映画評論家がいらっしゃいました。皆さんのお父さん、お母さんならよく知っているでしょう。その方が自分の趣味全開で『シベリア超特急』という映画をつくったんです。すごい映画でした。びっくりするほど面白く――感じられなかったんです(笑)。ところが、この「シベリア超特急シリーズ」は2、3、5、4は舞台化され、6も製作予定だった。何でそんなにつくられるんだ、好きな人が大勢いるのに違いない――と、僕は『シベリア超特急』を面白がることができなかった自分を深く恥じました。そして再度ビデオを観ました。面白くなるまで。二度や三度では面白がれませんでした。でも何度も何度も観るうちに、ある時ハッと、「あ、これ、面白いわ」と気づいたんです。それ以降はそりゃ面白く感じられるようになって、全作観ました。DVDソフトも買いました。舞台版まで買いました。面白かったです。今観ても面白いです。『シベリア超特急』的なものを面白がる力を手に入れたんです。

映画にしても、アニメにしても、テレビにしても、そして本にしても、複数の人が面白いと思わなければ、世に出されることはありません。

作者が「こりゃ面白い」と持っていっても、編集者が「つまらない」と思ったら本は出ないんです。編集者が「これはイケる」と言っても、出版部の部長さんが「ダメだ、売れねえよ」と言ったら、本は出ないのです。その本ができるまでの過程に、何人もの人が読むんです。少なくとも作者と、編集者の何人かは面白いと感じている。と、いうことは、世界で最低二人くらいは面白いと思っている。その本を読んで面白くないと思ったら、その二人が持っている感性を持っていないことになります。

食べられない食材があるという人がいます。甲殻類《こうかくるい》アレルギーの人はカニが食べられませんし、そばアレルギーの人はおそばが食べられません。あんなにおいしいのにかわいそうです。同情を禁じ得ません。一方アレルギーでも何でもないのに、食わず嫌いという人もいます。味が嫌いだ食感が嫌だといって、食べない。お魚NGの人はお寿司を食べないんです。大間《おおま》のマグロも、お刺身も焼き魚も煮魚も、みんな食べないんです。これは不幸ですね。一度もおいしいお寿司を食べないで人生を終えるなんて、不幸です。食わず嫌いは克服したいところですね。おいしさを知るために。

本は苦手という人もいます。紙やインクアレルギーの人はそもそも触《さわ》れないのですから好き嫌いなんて言っている暇はないんですが、それ以外は食わず嫌いですね。

楽しもうと思うなら、楽しむ姿勢が大事です。読む人の気持ち次第で面白い本も面白くなくなるし、面白くないと思った本でも、よく読めば面白いことがあるんです。言葉に対する感性を磨《みが》いていくと、面白がれる本がどんどんふえていきます。

本の中には、もう一つの人生があります。十冊楽しめた人は十、百冊楽しめた人は百、違う人生を歩めるんです、このつらい現実以外に。すてきなことだと僕は思います。この辺は出版社へのサービスです（笑）。でも、本当のことですよ。

嫌いなことをしないために頭を使おう

僕はそうやって生きてきたので、好き嫌いがなくなっちゃったんですね。でも、若干つまらないですね。なぜでしょう。「私、好き嫌いがないから、これ好き」というのは、矛盾してますよね。好き嫌いがないということは、嫌いなものがないだけでなく、好きなものもないということだったんですね。好きも、嫌いもないわけですから。気がつかなかったですね。いや、ないんです、好き嫌い。

今までは「お嫌いなものはありますか」とたずねられた時に、「好き嫌いは全然ないです」とお答えしていたんですけど、「嫌いなものはありません」だとか、「全部好きです」などに言いかえるように心がけようか、と思っています。

好きなものがないというのは結構寂しいことみたいですからね。

よく、わけ知り顔の大人が、「好きなことをみつけなさい」とか、「好きなことなら続けられるよ」とか言うでしょう。でも、「好きなことって言われても別に」という人はいるんじゃないですか。嫌いなものはすぐ浮かぶんですけどね。ちなみに僕は小説を書くのが大嫌いです（笑）。好き嫌いはないとか言っておいて何なんですが、嫌いなものを一つ挙げろといわれたら、執筆。これだけは嫌いです。

まずもって、「好き」な理由を聞かれても思いつかないことが多いんですけど、「嫌い」な理由はいくつでも思いつくもんですからね。人は自己正当化をしようとしますから。まあこじつけでも何でも、いくつでも捻り出すんですね、嫌う理由。

本来、好き嫌いに理屈なんかないはずなんですけどね。本当に好きなのかどうかは自分でもわからないんですよ。だから考えすぎると好きかどうか不安になってくるし、「なんとなく好きだ」程度のことは、そうでもなくなっちゃったりしますしね。

だからすぐ思いつかないのに好きなことを探したって、みつかりはしません。

好きなことがあるという人はいいけれど、別にないという人は、「好きなことだけやって生きていきましょう」なんて言われたって、難しいですよね。でも、嫌いなもんは嫌いですよ。では、どうしたらいいんでしょう。

嫌いなことをやらずに済むように、頭を使うしかないですね。

嫌いだからやらない。それはダメなんです。嫌いでもやらなければいけないことはいっぱいあるんですから。好きなことだけやろうとすると、そこをはき違えることになる。でも、頭を使って工夫をすれば、嫌いなことをやらずに済ませられるかもしれない。もちろん合法的にね（笑）。嫌いなことをやらずに済む人生が歩めたなら、好きなことだけやってられるし、好きなことがない人も、残ったものごとの中から好きなものを見つけられるかもしれません。だから嫌いなものはなるべくしないように努力するんです。頑張ってみる。いや、「頑張る」ってあんまり良くない言葉ですね。嫌いなことをしなくて済むように「悪だくみをする」。「抜け道を考える」でもいいです。あの手この手を使って、できるだけ嫌なことはしないで済むようにする。

それって、諾々《だくだく》と嫌なことをやっているよりはるかに疲れます。難しいです。

ものによっては難度がかなり高くなります。でも、ストレスは少ないです。悪だくみを考えるのは楽しいですからね。嫌なことをしないためにどんなミッションを自分に課すか、それがクリアできるか。これが楽しめるなら当面困りませんね。世の中は、嫌なことでいっぱいの地獄ですから。これも地獄の楽しみ方の一つです。

僕はお酒を飲まないのですが、サラリーマン時代にはお酒のつき合いがあって、当時は強制でした。得意先の勧めるお酒を飲めとか、部長に酌《しゃく》をしろとか、今で言うパワハラですね。その頃は日常茶飯事でした。だいたいブラックだったんです。

僕は全て避けました。でも「俺、酒はダメっす」みたいな、田舎の青年団にまじっちゃった都会の学生みたいなボケたことは言いませんでした。でも一切叱られることもなく、自慢じゃないですが出世は早かったですよ（笑）。とはいえ知力も体力も使ったし、いろいろな罠《わな》も考えました。トラップを考え、抜け道を考え、なおかつ仕事は人一倍やりました。それで仕事もしないんじゃ何しに会社行ってるのかわからないですし。僕は一切お酒を飲まず、ゴルフも接待も行かない会社人として一時期を過ごしたんです。仕事よりもそっちのほうが楽しかったかもしれない。

語彙を増やすこと。それを使いこなすわざを身につけること。

それを駆使して、自分のやりたくないことをできるだけやらずに済ませる。そういうたくらみを持って、絶対にかなわない夢など追わず、きちんと手の届く目標を持ち、自分の人生に勝ち負けを持ち込まなければ、地獄は意外と楽しいものです。

それでもつらい時は、本を読みましょう。本屋さんにはたくさん本が売られています。図書館にもたくさんの本があります。古本屋さんにも本はあります。電子もあります。レンタルブックもあるでしょう。友達に借りるのでもいいです。買ってくれとは言いません。表紙の文字を読むだけでも読書には違いありません。本の中にはもう一つの人生があります。別な人生を味わうことによって、さらに多くの語彙というアイテムを手に入れることができます。あ、僕も本を出してるんですけど（笑）。

でも自分の本の宣伝はしないことにしているので、しません。

皆さんがＳＮＳで書く文章が、もっと多様で多彩になっていくように、そして、誤解されることが減るように、あるいは、人の書いた文章を読む時に、多彩な読み取り方ができるようになれば、現実世界がつらくても、少なくとも仮想現実世界での安寧《あんねい》と幸福は得られるでしょう。それを現実世界を生きる糧《かて》とすることもできます。

言葉を使って楽しく生きていきましょう。そういうお話でした。

京極さんとの言葉をめぐる一問一答

Q カオスとは、言葉で切り取らなくてはならないものですか？

A 切り取るのは、認識するための手段にすぎません。

生徒 「言葉はカオスを切り取って単純化するものだ」というお話がありましたが、京極先生は、言葉が切り取ったもとの混沌《こんとん》を、大き過ぎて受け取れないものだとお考えなのでしょうか。

京極 受け取る、受け取らないではなく、私たちそのものが混沌なんです。

よくこんなことを言う人がいるでしょう、「世界は二つに分けられる。〇〇するものとしないものだ」とか。そういう話ではないんですけれども、この現実世界と、私たちの内面の世界は、ざっくり二つに分けられるだろうとは思います。

内面の世界は混沌としています。

受け取るも受け取らないもないんです。認識しようとしても認識できるものでもありません。それはもともとそういうものなんです。でも、そのままでは言いあらわすことも、考えることもたぶんできないというだけです。

生徒　しかし、「切り取る」という言葉を使われていたので。

京極　そのごちゃごちゃと入りまじった混沌、カオスをコスモスに変える、秩序立ったものとして構築するためには、その中から何かをピックアップしなければいけませんね。どろどろと溶けてまじっているものをきれいに並べようとしても、これは無理です。何かの形で抽出しなければ、並べることもできません。ただ、抽出する時に何を選ぶかということは重要ですね。たくさん選べたほうがバリエーションは多くなるでしょう。語彙は多いほうがいいというのは、そういうことです。わかりますか。

生徒　何となく。そして、切り取ったものを単純化して伝えるとおっしゃっていましたが、伝えた場合、受け取るほうもまたさらに過剰に受け取って、もとの意味が変わってしまうので、より混沌になってしまうのではないでしょうか。

京極　混沌というのは全てが入りまじっている状態なんです。その中の一部分を切り出したものが言葉です。そうするしか、混沌を言語化することはできません。

そうして選ばれ、切り取られた言葉を受け取った人は、その言葉から発した人が切り取った何かとは別の何かを思い起こしてしまう、ということです。混沌としてしまうわけではないですね。言葉として受け取って、言葉として考えるわけですから。ただ、受け取るものが、発信者と受信者で違うというだけのことです。

生徒　それは混沌ではなく、多様性みたいなものでしょうか。

京極　多様性は多様性なんですけど、きっと、単に多様性としてしまうだけでは足りないんだと思うんですね。豆粒みたいな小さな弾をバンと発射しても、当たった時は散弾銃みたいに広がっちゃうわけで。それを「言葉の多様性」とかいう感じできれいにまとめてしまうと、きもちがいいし、わかったような気になるんだけど、選択できる意味が狭くなってしまうし、それで正確に通じるかといえば、かえって誤解を招いてしまうかもしれない。「多様性」というのも、まあわかるようでわからない言葉ですからね。あなたのいう多様性と僕の考えている多様性が同じとは限らないし。

そんな言葉に収斂《しゅうれん》させてしまうくらいなら、もっとガチャガチャした言い方のほうがいいと思うんですよ。だからいま、「多様性みたいな」と言ったけれど、その「みたいな」が大事なんだと思うんですね。

人は、自分の知っている言葉でしかものごとを考えられないんですよね。あなたは今、自分の語彙の中から「多様性」という言葉を見つけた。でも最適とは思えないから「みたいな」をつけたわけでしょう。確かに、多様性というのはいろいろあるということだから、間違ってはいないんだけど、ちょっとズレているかもしれないと感じていたんじゃないですか。あなたの質問だと、その状態が「より混沌とする」状態なんじゃないかということになるんだけど、それは「混沌」じゃないですね。言葉が選びきれなかったから「混乱」はしたかもしれないけど。

あなたは今、僕の発言を受け止めて、「混沌」の中から「多様性」という言葉を切り取ったんですね。でも、その切り取り方では不完全かもしれないと思った。捨てられてしまうものがあるように感じたから、「みたいな」をつけた。

それでいいんですね。「多様性」でない言葉で切り取ってみたらもっとしっくりするかもしれない。そのためには、選択肢となる語彙は多いほうがいいでしょう。もちろん、言葉は全部欠けているんですから、どう言い換えたところでそうなってしまうんですけど、だからといって考えることをやめてはいけません。受けるほうも発するほうも、そういう配慮をくり返す。それが大事だと思います。

昨今、ラベルを貼れば済んじゃうという風潮が強いです。みんなラベルを貼るのが好き。たとえば、「LGBT問題」とくくってしまいますね。でも、LとGとBとTは全然違います。それぞれの抱えている問題が違うだけでなく、LにはL、GにはGの中に、いろいろな人、いろいろな状態、いろいろなパーソナルがあるんですね。それをLGBTと全部一くくりにして、「LGBT問題は重要ですから」で片づけちゃう。すると、全員に対して何かしたような気になるんだけれども、全然そんなことないでしょう。でも、ほかにいい言葉がないから、あるいはそういったものを一くくりにしちゃったほうがわかりやすいからということでレッテルを貼る、ラベリングをする。整理整頓は大事ですが、雑ですね。その雑さが軋轢《あつれき》を生むことも多いです。

もちろん、一まとめにしたほうがいい時もあります。でも、一まとめにしてしまうことによってこぼれ落ちてしまうものは必ずある。それを、誰が拾うのかということですね。拾わなきゃいけないでしょう。これは日常生活でもまったく同じことです。

第1部の犬の話じゃないですが、勘違いでも会話は成立してしまうので、危険なんです。何で犬を喩《たと》えに出したのか。いまだに自分じゃわからないんですけど（笑）。

生徒　ありがとうございました。

Q「言霊《こと だま》」とはどういうものですか？

A「呪《のろ》う」ことも「祝う」こともできるものです。

生徒　言霊《ことだま》について伺います。私は母から「言葉は言霊だよ」と教えられてきたので、言霊を大切にしようと考えて生きてきました。まさか世界に影響を与えるような作用はないだろうけれど、確かに小説とか読んでも、自分の心をすごく動かしてくれるものだから、言葉の力は何かしらあるだろうと思っています。

先生は言霊をどういったものとして認識して、「言霊」という言葉を使われているのでしょうか。

京極　まず「何でも言ったとおりになる」みたいなスーパーナチュラルなことは絶対にあり得ないので、これはNG。それが大前提になります。また文化圏によっては呪術的な理解のしかたをされる言葉でもあるんですが、それは省略します。

言霊の「たま」は「霊」と書きます。「霊」は、「言葉」の次に人間が発明したすばらしい概念です。幽霊はいませんし、心霊現象なんてないんですが、でも、文化的な装置としての「霊」は、人間の歴史や生活において非常に重要なウエートを占める概念の一つです。その「霊」の上に「言」をのせた言葉が、「言霊」です。

卑近な例を挙げます。人は、褒められれば嬉しくなるし、貶《けな》されればしょんぼりするものですね。「ものは言いよう」なんです。「いいお天気だった。ぱらっと降ったけど」と「小雨でさあ。まあ陽は差してたけど」は、同じです。印象はかなり違いますが。何だって恣意的に言い換えはできちゃうんです。言葉の選び方を変えただけで同じ事象が百八十度変わってしまう。白いものも黒くなってしまうんです。

だけど、いくら僕が「このテーブルにかかっている白い布は黒い」と言っても、この白い布は黒くならないですね。言霊は布には効かないのです。

でも、皆さんに「この布、黒いよね。黒いよね。黒い気がするよね」とずっと言い続けたなら、中には黒く見えちゃう人もいるかもしれない（笑）。それはないとしても、皆さんがこの部屋から出た後に、「あの布、黄色かったよね」と誰かが言ったとしたらどうでしょう。布の色まで覚えている人はそんなにいませんね。

この、演題が書かれている紙は黄色いし、あれ、布も黄色だったかしらと思う人はいるかもしれない。断言されればよけいにそう思うでしょう。そうなると記憶まで改竄《かいざん》されてしまいます。催眠術じゃありませんよ。催眠状態にはなってませんからね。

これは言葉の効力なんです。「言霊」とはそうした「作用する言葉」のことです。人の心は言葉一つで容易に操れるんです。でも、布の色は変えられないんです。

皆さん、お正月に初詣《はつもう》でに行くでしょう。お賽銭《さいせん》を上げて柏手《かしわで》を打って、いろんなことをお願いしますね。合格させてください、恋を実らせてください、試験で満点を取らせてください、なんて祈りませんか。

間違いですよ。神様は何もしてくれません。いや、神様なんていませんとか、そんなものは迷信ですとか、そういうことを言っているわけではないんです。神様は、そんな一人一人の細かい事情まで気にしてくれるほど暇じゃないですよ。何百万人お願いしに来るんですか。

神様の前でするのは決意表明です。「自分はこれからこんなことをいたします」なんです。だから、「やり遂げさせてください」とお願いするんです。するのは自分ですからね。お参りは、自分がいかに真剣かを神前で表明するためにするんです。

神様はその真剣な決意を汲んで行動を助けてくれます。といっても邪魔が入ったり挫折したりしないように見守ってくれるだけですけど。願いをかなえるのは自分なんです。だから願いがかなわなかったとしても、それは自分のせいなんですね。真剣さが足りなかったということです。「神頼み」なんて言いますけど、神様のせいじゃないんですよ。ま、「神頼み」という言葉は多く、自分じゃどうすることもできない時に使われるんですけどね（笑）。何もしないのに神様がお金をくれるとか、恋人を与えてくれるとか、そんな都合のいいことは、神に誓ってあり得ません。

行動を起こさずに変えられるものなんて、世の中には一つもないんです。

祈るだけでは何も変わりません。でも、祈るために、祈ることで、自分を変えることはできるでしょう。その結果、行動を起こせるようになるわけで。

大勢で何かする時も同じです。多くの人がかかわるものごとは、多くの人が動かなければ変えられません。「みんなの気持ちを一つにすることが大事だ」とか、「みんなで心を一つにすれば何とかなる」とか、言いますね。まあ、場合によって一致団結することは有効でしょう。でも心を合わせただけではどうにもなりません。行動しなければ何にもならない。みんなで祈ったって雨は降りません。

全員に同じ行動をおこしてもらうために、スローガンのようなものをかかげる、これは有効でしょう。ただし、何でも言えばいいというものではないです。何度も言っているように言葉は欠けています。どうとでも受け取れます。大勢の気持ちを一方向に向けるためには、全員に同じか、少なくとも同じ「ように」受け取ってもらえるような言葉を選ぶ必要があります。のみならずそれは一人一人の心に響き、人心を鼓舞する選び抜かれた言葉でなければいけない。とても難しいことですが、それができたなら効き目はあるでしょうし、それは「言霊」の力ということになるでしょう。

言葉で世界は変えられません。でも言葉で人は変えられる。そうすると、なにがしかの変化はおこせる。「言霊」は物理的な効果はゼロです。でも、人的な効果という意味において、社会的な変化を生み出すことはできるんです。

政治家をめざす方なんかには、よく覚えておいていただきたいものですね。

ただ気をつけなければいけないのは、言葉は欠けているうえ、「愛」のように目くらましにもつかえるという点です。プロパガンダやスローガンは不特定多数を「操る」ために単純なフレーズになりがちですね。「美しい」とか「強い」とか「チェンジ」とか「ファースト」とか（笑）。こぼれ落ちたものがいかに多いか。

まあ、最近の政治家のみなさんは、言葉に対するセンスがかなり悪いみたいなんですけども。

同じ事象を、良く言うことを「祝う」、悪く言うことを「呪《のろ》う」といいます。「祝う」と「呪う」は同じこと、表裏一体なんです。だからよく考えて、考え抜いて使わないと、あらゆる言葉は呪いになっちゃうんです。良い言葉が良い状況を生み出すとは限らないですからね。悪しき言葉となってしまったならば、悪しき状況が招かれてしまう可能性もある。発する人の気持ちは関係ないです。受け取られ方次第でどうにでもなっちゃう。だからこそ、言葉は慎重に使わなきゃいけないんですね。自分にその気がなくてもヘイトスピーチになっちゃうケースは結構あるんです。差別はあってはなりません。ヘイトもよくないです。でも、意図的でなくても、そうなってしまう場合はあるんです。「私にその気はなかったの」では済まされないんですね。

いや、褒め言葉であっても誤解されるんですよ。「かわいいですね」は、セクシャルハラスメントになる可能性があります。いや、現代では人の容姿を褒めることはセクハラなんです。受け取る側が悪く受け取ってしまったら、どんなに善意から出た言葉であっても関係ないんです。

一方、罵倒語は意外とそのまんま通じちゃうもので、「死ね！」は、「死ね！」以外に受け取りようがないですね。「てめえ、死ね！」、「うれしい！」というケースはあまりない（笑）。悪い言葉は、最新兵器のようにピンポイントで攻撃できるんです。

だからといって、皆さん、「この野郎！」と思っても、簡単に呪いの言葉を吐かないほうが身のためですよ。呪いは効きますから。効いてから「ヤバい」と思っても、もう遅いんです。昔から「人を呪わば穴二つ」と言います。「穴二つ」というのは、墓穴を二つ掘れということですね。呪った相手の分と、自分の分の墓穴です。他人に呪いの言葉を吐きかける場合、必ずその言葉は自分に返ってくるという意味です。

呪いにはそれだけのリスクがあるということです。

昔「呪いのビデオ」というのがありました。そのビデオを観ると貞子《さだこ》が出てきて観た人は数日後に死ぬという。貞子は今も、メディアを替えて活躍してます。ネットなんかで増殖してます。あれは一つの寓意《ぐうい》として捉えるべきなんでしょうか。

ネット上で何かいけないものを見てしまったりして、嫌な気持ちになることがありますね。でも、たとえ自分の気に入らないことが書いてあったとしても、感情にまかせて呪いの言葉を書き込んだりしてはいけませんよ。

誰が読むかわからないし、どんな受け取られ方をするかもわからないんです。ただ拡散することだけは間違いない。呪いはそういう形でも伝染するんです。弁解するにしてもネット上では言葉のやりとりしかできませんから、無駄です。とうてい誤解が解ける環境ではないんですね。炎上して、話がどんどんややこしく、面倒くさくなっていく。それがきっかけで人生を誤ってしまう人までいるんです。

SNSは情報だけで成り立っている仮想の場、現実ではありませんね。だから言葉ひとつでどうにでもなる。つまり、言霊の効き目があるステージなんです。人間の心の延長のようなシステムなんですね。しかも不特定多数の現実とリンクしている。だからこそ、よりいっそう危ないんです。言葉の良い側面も悪い側面も増幅してしまう。残念ながら、良いことよりも悪いことのほうが広がるのも速いし、インパクトも強いし、攻撃力も強いし、ヒットポイントも高いですね。だから、選ぶにしても、悪い言葉はできるだけ避けたほうがいいようです。気をつけましょう。

質問とは若干ずれてしまったかもしれませんね。「言葉は言霊だよ」というお母さんの言葉は、「悪い言葉は使わないほうがいい」ということでもあるんでしょう。そのとおりだと思います。言葉を大切にしてください。よろしいですか。

生徒　お答えの感想になっちゃうんですけど、今、歴史を学んでいて、ツイッターなんかで妖怪とか思想史を見ていくというやり方はどうかなと思っていたんですけれども、言霊は概念として文化にかかわるところが大きいという話を聞けて、すごくよかったです。ありがとうございます。

Q　「言葉は不幸である」と思われますか？

A　言葉は不幸でもあり、幸福でもあります。

生徒　三浦雅士《みうらまさし》さんが谷川俊太郎《たにかわしゅんたろう》さんの詩について書かれていた文章の中で、「言葉は不幸である」というくだりがありました。谷川俊太郎さんの詩に「沈黙は幸福である」とあり、それについて三浦さんがそう書かれていました。「私自身という混沌から私を言葉で抜き出してしまう時に起こるずれというものが、言葉という不幸にほかならないのである」という文章を読んで、共感できる部分も、まだわからないなと思う部分もあったんですけれども、京極先生は、「言葉は不幸である」ということに対してどう思われますか。

京極　「言葉」は確かに「私」というものを「混沌」から抜き出したでしょう。抜き出して、多くを捨ててしまうことが不幸と言うなら、それは不幸でしょうね。でも捨てたことによって抽出される幸福もまたあるはずです。

それ以前に「言葉」は幸福や不幸を感じる主体として成立し得るものなんでしょうか。「言葉」は人格を持った主体たり得ません。幸福や不幸を感じるのは人間だけです。つまり、この言説も言葉による比喩《ひゆ》にすぎないんですね。

谷川先生の詩も、言葉を使ってつくられています。その詩から受け取られるイメージは非常に幅広いものです。どのように受け取ったとしても、先ほど言ったように誤読ではありません。読んで感動したならば、その感動した主体である自分がどう思ったかのほうが、作者がどう書いたかよりもずっと大事です。

詩は、小説と違って、筋書きを追うものでもなければ、ロジックで納得するものでもありません。感じればいいんです。

何だかロックシンガーかスピリチュアルの人みたいなことを言ってますが（笑）、本当に感じればいいもんなんです。いずれ正解はないんですから。感じ方は人それぞれだし、感じるかどうかも人それぞれです。詩を読んでまったく何も感じないという人も、何度も何度も読んでみると「いいな」と思う瞬間が来るかもしれません。さっきお話しした『シベリア超特急』のように（笑）。

三浦さんは感じたことを「言葉は不幸である」と表現したんですね。ならばここで言われる「不幸」が何を指しているのかを考えるということは、三浦さんの思考を読み取る努力をするということになるのでしょう。なぜなら「言葉は不幸である」というのもまた言葉だからです。しかも、とても詩的、文学的な表現です。

「言葉」が「幸福」なのか「不幸」なのかを考えるよりも、その詩を読んで、またその評論を読んで、どういうふうに自分は感じたかを大事にするほうが建設的だと思います。確かに「いいな」を言葉にしてしまうと、「いいな」の中の何かを捨てることになる。これは不幸なんでしょう。でも「いいな」と思わせてくれたのも言葉なんですから、ならば幸福でもある。言葉は幸福でもあり、不幸でもあるようです。

生徒　ありがとうございます。

Q 理不尽な勝負を挑《いど》まれたら、どうすればいいですか？

A 勝負を無効化しちゃいましょう。

生徒　京極先生、面白いお話ありがとうございます。私も映画が好きなので、『シベリア超特急』を観てみようと思います。

京極　うーん。観なくていいかも（笑）。

生徒　前半のお話で、本当に理不尽かどうか一旦考えてみて、それでも理不尽だった場合とか、勝負を挑《いど》まれた場合に、自分でその土俵に上がりたくなくても、上がらざるを得ないことがどうしてもあると思うんです。その場合に、自分の認識を変えるという以外に、私は自分の心の安寧を保つ方法が思いつかないんですけれども、そういう場合、京極先生はどうされますか。

京極　国技館《こくぎかん》じゃないんだから、そのへんに土俵はないですよね。

「土俵に上がる」というのも比喩です。誰かに何か挑まれたところで、売られたケンカは買わねばならぬ、なんて義理はないわけですが、それでも無理矢理勝負に持ち込まれてしまうようなことは、まあ、ありますね。その時に土俵が認識されるわけですね。なら、その土俵を無効化してしまうという手があります。

そういう場合、土俵は相手がつくったもんですよ。なら相手が望む勝敗のあり方が必ずあるわけです。勝負を挑んできた以上、ある一定のルールがあるはずです。相手のルールに合わせてやる必要は全くないわけで、そのルールが無効化するような状況を現出させてやれば、そのたたかいは自然消滅せざるを得ないんです。難しいですけれども、それも言葉一つでできることではあると思います。

僕の師匠の水木しげるも「ケンカはよせ。腹がすくぞ」とよく言っていました。全くそのとおり。ケンカしたって一つもいいことはない。たたかいによってもたらされるものは何ひとつないのです。たたかいによって壊されるものは数限りなくある。百年かけてつくった町も、一日のたたかいで全てなくなってしまう。人間関係も全く同じです。たたかう必要なんか全然ないんですよ。だけど、かみついてくるやつがいるんです。嫌でしょう。そんな相手とけんかなんかしたくないですね。

さっきも言いましたが、嫌なことはやらないほうがいいですね。嫌だったら、やらずに済む方法を考える。これが一番いいんです。難しいですけどね。でも、それはなかなか面白いことでもあるんです。

例えば、そういうたたかいって、多くマウンティング行動だったりします。お猿といっしょですね。しかけられたほうは何もしていないんです。相手が憎いと思っているわけでも、競いたいわけでもない。意識さえしていないんです。なのに、マウントしてくるやつはいるんです。「おまえより俺のほうが〇〇だ」とか、「おまえなんか〇〇だろ」とか。「あんたの知ったことじゃねえよ、バカ」と思うんだけども、そこで言い返してしまったら、相手の思うつぼです。相手はある程度の勝算があるからマウンティングしてくるんですね。こっちがどう出るか、向こうはある程度予測していま す。ただ、その予測はあくまで「しかけてくるほう基準」でしかありません。そんなもんにわざわざ合わせてやる必要はないですからね。

マウンティングしてくる人は、こちらのことを観察しています。それで気に入らないところがあったんでしょう。あるいは、自分がその上に乗ることによって、何か得があるのかもしれない。でもそれは、全部相手の問題です。

ならマウントをかけてくる相手のプライドが一体どこに存在するのかよく見きわめて、それを無効化してやりましょう。マウントするのがバカバカしくなるような状況を現出せしめればいいんです。そうなれば勝手にやめます。社会人の場合は年収だったり、地位だったり、名誉だったりするかもしれない。そうでないなら、目に見えない何か。人気とか人望とか、承認欲求とか、自尊心とか。何にせよ、利得は必ずあるはずです。その利得を無効化してやりましょう。そうすれば、自然にやみます。

簡単ではないですよ。だいたいマウントをしかけてこられたら、マウントし返すほうが楽なんです。そういう人はだいたい自信のない小心者ですからね。勝てる。でもマウンティングって、そもそもアホらしいことですからね。競ってもしかたがない。

だからまず、相手をよく観察しましょう。こいつは一体何を考えているのか、どんなことを思っているのか、どういう性向があるのか。こちらにマウンティングすることによって、何の得があるのか。そこをよーく考えて、罠にかけてやりましょう。

その相手がマウントをすることをやめれば、いくさ自体が消滅するんです。和解するんですね。「たたかわずして勝つ」なんてことを言う人もいるんですけれども、勝ち負けではないいんです。これは、和解です。

「こんなやつと仲よくなりたくなんかねえよ」と腹の中で思っていてもですね、和解するんです。こっちが折れるんじゃないんです。相手に折れてもらうんです。

生徒　相手が折れるという考え方があまりなかったので、すごく新鮮だなと思いました。

京極　だって、仕掛けてきたのは相手なんですからね。だったら、相手に引いてもらいましょう。こっちが引くのでもなく、こっちが折れるのでもなく、たたかってマウントし返すのでもなく、マウントしてきたほうがもういいやと思えば、それでおしまいです。そもそもこっちは相手に何の興味も持ってなかったりするんだし。

ほかのやり方だとそれ以降の関係性がうまく続かないことが多いです。マウントし返してこっちが上に乗ったら、まあその時は気分がいいかもしれませんが、向こうの屈辱たるやいかなるものか。必ず仕返ししてきます。じゃあ、乗ってきたんだから乗せておけばいいやという考え方もあるでしょうが、これはこれで、頭の上におめえが乗っているのはウザってえよという話になる。そういうやつはだいたい増長するし。

乗ったり乗られたりするのはアホらしいということさえわかってもらえれば、その先意外と長くつき合えるかもしれない。そういう機会になる可能性もありますよ。

Q　本の収納の仕方を教えてください。

A　本の収納だけは「愛」と執念。

生徒　本の収納について伺《うかが》います。京極先生がテレビで「一冊入れかえるのに百冊入れかえろ」とか、「一ミリのすき間も出すな」とおっしゃっていたことがあって、私もそれを実践しているんですけど、それでもまだ本が全然入らなくなっているのです。

京極　修行が足りないですね（笑）。さっきから僕は、「愛」はいかんとか言ってますけど、本の収納に関してだけは執着を持ったほうがいいです。本の整理には愛と執念が必要です。一冊入れるために数十冊入れかえる。そんなのは当たり前（笑）。

一ミリのすき間でも十合わせれば一センチ、二十冊分なら二センチあきます。その程度は組み合わせでいかようにも生み出すことができます。それから上部にも空間はありますね。これは無駄。棚が移動できるなら軽減しましょう。

ただ本には高い低いがある。高さが違っているとすき間は埋まらないです。だから高さはそろえたほうがいい。そのほうがきれいだし、ぎりぎりまで棚をおろせる。でも、本は判型でまとめればいいというものじゃないです。作者別とか出版社別とか背表紙の色別とかジャンル別とか、自分が買った順番とか、推しのキャラクターが出ているものは近くに並べたいとか、いろいろです。やってみましょうよ。だから、できるだけ短いスパンで組みかえる。あれこれ試していると「あれ、こんなに空いちゃった、もう二冊ぐらい入るぞ」「棚が増やせるじゃないか」、なんてこともあるんですよ。発見を繰り返し、発見を繰り返し、発見を繰り返し、どうしようもなくなってから前後二列にしましょう（笑）。それまでは二列にしてはいけません。二列にすると地震での倒壊率が格段に上がります。横積みにした場合はもっと危ない。地震の時って本棚が倒れてくるから危ないわけじゃないんです。本棚が揺れた際に、後ろの壁に当たった反動で本が飛び出すんですね。高い位置にあるハードカバーの本が発射された場合、十分凶器になり得る。基本は壁に固定ですが、それでも二列だと落ちるし、横に置いた場合は滑るんですね。できるだけ横積みはやめましょう。頑張って、頑張って、愛と執念でもうちょっと工夫してみましょう。命が危ないですから（笑）。

Q　なぜ嫌いな小説を書いているのですか。

A　生活のためですね。

生徒　京極さんは小説を書くことが嫌いなのに、なぜ書くことをお仕事にされているのでしょうか。「嫌なことは避ける」とおっしゃっていたのに。

京極　疲れちゃったんです（笑）。嫌なことを避けるためには知力も体力も使うんですね。はじめの頃はそれでもあれこれ策を弄《ろう》していたんですが、老境に入っていろいろ衰えて、面倒になってしまいました。それでも家族は養わねばならないし、事務所も維持しなければならない。出版社には義理も恩もありませんが、読者のみなさんには深く感謝していますから、「書け」と言われれば「はい」と言うしかないんです。一日も早く引退したいんですけどね。定年もないし、因果な商売です。

まあ、これからも当面、この地獄を味わいながら生きて行くしかないですね。みなさんはまだ若いですから、たっぷりと悪戦苦闘を楽しんでください。

単行本
『地獄の楽しみ方』

カバーデザイン／
寄藤文平＋古屋郁美（文平銀座）

●本作品は 2019年11月に
単行本として刊行されたものです。

|著者| 京極夏彦　1963年北海道生まれ。'94年『姑獲鳥の夏』でデビュー。'96年『魍魎の匣』で日本推理作家協会賞受賞。この二作を含む「百鬼夜行シリーズ」で人気を博す。'97年『嗤う伊右衛門』で泉鏡花文学賞、2003年『覘き小平次』で山本周五郎賞、'04年『後巷説百物語』で直木賞、'11年『西巷説百物語』で柴田錬三郎賞、'16年遠野文化賞。'19年埼玉文化賞、'22年『遠巷説百物語』で吉川英治文学賞を受賞。

公式サイト「大極宮」
https://www.osawa-office.co.jp/

文庫版《ぶんこばん》　地獄《じごく》の楽《たの》しみ方《かた》
京極夏彦《きょうごくなつひこ》

2022年３月15日第１刷発行
2024年９月26日第３刷発行

発行者――森田浩章
発行所――株式会社　講談社
東京都文京区音羽2-12-21　〒112-8001
電話　出版（03）5395-3510
　　　販売（03）5395-5817
　　　業務（03）5395-3615
Printed in Japan

講談社文庫
定価はカバーに
表示してあります

KODANSHA

デザイン―菊地信義
本文データ制作―講談社デジタル製作
印刷―――株式会社KPSプロダクツ
製本―――株式会社国宝社

ISBN978-4-06-526809-4

講談社文庫刊行の辞

二十一世紀の到来を目睫に望みながら、われわれはいま、人類史上かつて例を見ない巨大な転換期をむかえようとしている。

世界も、日本も、激動の予兆に対する期待とおののきを内に蔵して、未知の時代に歩み入ろうとしている。このときにあたり、創業の人野間清治の「ナショナル・エデュケイター」への志を現代に甦らせようと意図して、われわれはここに古今の文芸作品はいうまでもなく、ひろく人文・社会・自然の諸科学から東西の名著を網羅する、新しい綜合文庫の発刊を決意した。

激動の転換期はまた断絶の時代である。われわれは戦後二十五年間の出版文化のありかたへの深い反省をこめて、この断絶の時代にあえて人間的な持続を求めようとする。いたずらに浮薄な商業主義のあだ花を追い求めることなく、長期にわたって良書に生命をあたえようとつとめるところにしか、今後の出版文化の真の繁栄はあり得ないと信じるからである。

同時にわれわれはこの綜合文庫の刊行を通じて、人文・社会・自然の諸科学が、結局人間の学にほかならないことを立証しようと願っている。かつて知識とは、「汝自身を知る」ことにつきていた。現代社会の瑣末な情報の氾濫のなかから、力強い知識の源泉を掘り起し、技術文明のただなかに、生きた人間の姿を復活させること。それこそわれわれの切なる希求である。

われわれは権威に盲従せず、俗流に媚びることなく、渾然一体となって日本の「草の根」をかたちづくる若く新しい世代の人々に、心をこめてこの新しい綜合文庫をおくり届けたい。それは知識の泉であるとともに感受性のふるさとであり、もっとも有機的に組織され、社会に開かれた万人のための大学をめざしている。大方の支援と協力を衷心より切望してやまない。

一九七一年七月

野間省一